Tu, où cours-tu ?

Du pinceau à la tablette

Recueil de nouvelles
ouvrage collectif
2022-2023

Réalisé dans le cadre de l'atelier d'écriture
d'« Atlantique Nantes Chine »

Tu,
où cours-tu ?

Couverture et mise en page
© 2023 Atlantique Nantes Chine Association

Édition : BoD - *Books on Demand,* info@bod.fr
Impression : BoD - *Books on Demand,* In de
Tarpen 42, Norderstedt (Allemagne)

Impression à la demande

ISBN : 978-2-3224-8731-8

Dépôt légal : août 2023

Sommaire

Nota : les dessins, peintures et calligraphies de ce recueil ont été réalisés par des adhérents d'Atlantique Nantes Chine.

Préface

Daniel Gorans

« Du Pinceau à la Tablette »

Pesez mille mots, passez-les avec soin au chinois, saupoudrez de souvenirs parfois irréels, ajoutez-y humour et fantaisie. Le résultat peut vous surprendre ou vous émouvoir.

Pour la deuxième année, dans le cadre de l'association Atlantique Nantes Chine, l'atelier d'écriture « Du Pinceau à la Tablette » réunit un petit groupe marqué par la société et la culture chinoises, ses retombées historiques et géographiques.

La variété d'expériences et de sensibilités se perçoit en parcourant les « micronouvelles » réunies dans le recueil.

Chacune et chacun en trouvera, espérons-le, au moins une à son goût…

Éloge du pas de côté
(Place du Bouffay à Nantes)

Le pas de côté

Un pas de côté peut tout changer, en bien ou en mal, ou figer la situation comme à Nantes sur la place du Bouffay.

L'œuvre de Philippe Ramette, une sculpture en bronze de 2,5 mètres de haut, a été installée en 2018 dans le cadre du « Voyage à Nantes ». Elle représente son créateur en costume, un pied bien posé sur son socle, l'autre en équilibre dans le vide.

CHIENNE DE VIE

Bernard Conseil

"Ouest Quotidien" :
entrainé par son chien, il meurt heurté par un camping-car.

Hier après-midi à Nantes, alors qu'il effectuait sa promenade habituelle avec son chien tenu en laisse, un vieil homme chinois a été brutalement entrainé sur la chaussée par son animal, un berger allemand. Ce pas de côté, lui sera fatal.

La malchance a voulu qu'il fût percuté à ce moment précis par un camping-car, conduit par un touriste, lui aussi chinois. Un témoin dit avoir vu passer de l'autre côté de la chaussée un cycliste suivi par un chien qui courrait derrière son vélo et ce, juste avant. Il a aussi ajouté que les deux chiens lui apparaissaient être de la même famille.

Quant à celui qui a entrainé son maître vers la mort, il s'est relevé après un bref étourdissement et s'est immédiatement mis à lui lécher le visage. Des connaissances de la victime ont signalé à la police que son berger allemand avait une forte propension à s'attaquer aux chiens de sa race et que le maitre n'arrivait pas toujours à le maitriser.

Au poste de police :
le chef pose des questions à son subordonné.

- Alors ce rapport d'accident, où en es-tu ?
- Ça y est Chef, je viens de le boucler. Cela n'a pas été facile avec le touriste chinois. Heureusement qu'on a pu baragouiner en anglais

- En gros qu'est-ce qu'il t'a dit ?
- Il a cru que la victime s'était suicidée en se jetant sous son camping-car. Avec la configuration du poste de conduite, il n'a pas vu que c'était le chien qui avait entrainé son maitre sous ses roues. Par contre, il a vaguement repéré un autre chien courant derrière un vélo circulant dans l'autre sens.

- Le comble, je viens d'apprendre qu'il a buté un de ses compatriotes. Ça a dû lui faire un coup quand il l'a appris ?
- Oui, aussi il a interrompu ses vacances et a demandé à rentrer de suite en Chine.

- Tu t'es bien assuré qu'il n'y a pas eu d'excès de vitesse, ni d'alcool et que tous ses papiers étaient en règle. Tu sais, avec les asiatiques faut se méfier !
- Oui Chef, tout est en ordre, aucune raison de le retenir plus longtemps au poste. Par contre, j'aimerais comprendre comment le chien a pu entrainer la victime. A-t-il été attiré par l'autre chien qui courrait derrière le vélo ?

- Non, pas le temps. On classe, même si je trouve hallucinant ce concours de circonstances, avec en plus deux individus du même pays et deux chiens du même type.

"Wouah, wouah magasine :
le chien est-il vraiment le meilleur ami de l'homme ?

On le dit intelligent, dévoué et affectueux. Mais lorsqu'un chien mâle sent son territoire menacé par un de ses semblables ou lorsqu'il croise une chienne en chaleur, il peut réagir brutalement et oublier celui dont il est le meilleur ami.

C'est ce qui est arrivé cette semaine dans une rue de Nantes. Alors qu'un cycliste circulait sur l'autre côté de la chaussée suivi très probablement par une chienne en chaleur, un berger allemand a brutalement tiré son maître par la laisse pour la rejoindre. Hélas, au même moment surgissait un camping-car. Le maître est mort sur le coup, heureusement son chien n'a été que momentanément étourdi.

Il a fini par se relever. Toujours relié à son maitre par la laisse, il s'en est rapproché et a longuement séché le sang qui couvrait son visage. N'arrivant pas à le faire revenir à la vie, il se mit à hurler son désespoir, une fois son corps emporté par les pompiers. Lui trouver une famille d'accueil sera difficile !

Dans le quartier du Bouffay à Nantes :
bavardage entre deux voisines sur la place.

- Je suis inquiète, dit la vieille dame, notre voisin chinois n'est pas rentré depuis plusieurs jours. Je crains qu'il ne lui soit arrivé quelque chose.
- Quoi ! Vous n'avez pas lu le journal ! Il a été récemment renversé par un camping-car dans d'atroces conditions. C'est son chien qui l'a entrainé sur la chaussée.

- C'est horrible ! Pourquoi et comment a-t-il fait ce pas de côté ?
- En fait, juste avant, de l'autre côté de la chaussée un chien, berger allemand comme lui, courrait derrière un vélo. Il a certainement voulu l'attaquer.
- C'est vrai, constate la vieille dame, son chien avait tendance à s'en prendre à ceux de sa race et ce pauvre monsieur n'arrivait pas toujours à le maitriser.
- D'après "Wouah, wouah magazine" reçu ce matin, l'hypothèse la plus probable serait qu'il s'agissait d'une chienne en chaleur.

Puis après un silence, la vieille dame relance la conversation.

- À propos, quelque chose me revient. Récemment, il m'avait confié avoir dû quitter la Chine et se réfugier en France. Il m'avait dit craindre pour sa vie. C'est pourquoi il était toujours accompagné d'un chien de défense.
- Mais il a été tué par celui qui était censé le protéger !

En Chine :
opération Laïka – top secret.

Grâce à l'excellent dressage de leur chienne alors en pleines chaleurs, puis à leur parfaite coordination entre le vélo et le camping-car, nos deux agents dévoués au parti communiste chinois ont héroïquement éliminé, sur son lieu de lâche exil, le traitre qui a osé s'opposer durant de si longues années au Grand Timonier de notre Patrie bien aimée.

POURQUOI NE PAS PROFITER DU CIEL ?

Daniel Gorans

Une tendance à la rêverie depuis l'enfance m'a valu nombre remarques dont je n'avais cure : « tu es dans les nuages », « espèce de tête en l'air », « si tu veux réussir, garde les pieds sur terre »… Personne n'a pu cependant me dissuader de vouloir atteindre encore aujourd'hui le ciel, celui des divinités qui, m'a-t-on enseigné, nous gouvernent depuis leur splendide voûte céleste. Je sais que nombreux sont ceux qui ont tenté de les rejoindre, sans grand succès : Icare, parapentistes, aviateurs et même taïkonautes, tous redescendus, pas toujours en douceur. Mes chances d'y parvenir me semblent donc pour le moins bien minces, sauf peut-être dans un rêve où tout devient possible. J'ai entendu parler de certains humains, désireux d'être et de rester maîtres du monde d'en bas à n'importe quel prix, avec l'espoir de rejoindre ainsi l'éternelle gloire divine. La plupart d'entre eux a échoué, non sans avoir parfois déclenché quelques atrocités dont leurs contemporains se seraient bien passés. Je n'ai guère envie de poursuivre leurs chimères, elles ont trop souvent un aspect monstrueux.

Une tout autre histoire peuple mes rêves depuis fort longtemps. Elle s'est déroulée à Penglai (près de Yantai dans le Shandong) où huit personnages hauts en couleur se sont rassemblés pour banqueter et vider force coupes, chanter, déclamer leurs poèmes, danser jusqu'à l'ivresse. Ils ont fini par décider de s'envoler ensemble et ont disparu dans les airs au-dessus de la mer de Bohaï. On les dit devenus immortels. Je les imagine installés sur une île secrète et montagneuse, toujours en fête. Ils chantent et dansent au son de l'erhu, du xiao, du guzheng et même de la flûte de jade. Ils trinquent, se délectent de plats raffinés, discutent des principes du tao, sans omettre par moments les jeux des nuages et de la pluie. Quelle existence enviable ! Mais du rêve à la réalité le chemin est délicat, voire infranchissable. Alors reste à faire un pas de côté à la recherche d'un compromis. A force d'y penser, je crois avoir trouvé une solution et invite volontiers qui veut à l'explorer en se joignant à moi : restons dans le Shandong pour nous rendre à Weifang. C'est la capitale mondiale du cerf-volant. Une fois par an s'y rassemblent les amateurs venus des quatre coins de la planète. Le ciel se transforme alors en scène aux contours infinis. Des plus jeunes aux plus âgés, tête en l'air, contemplent le spectacle féérique d'un ballet magique. Certains déroulent des cordelettes à l'extrémité desquelles se déploient oiseaux imaginaires, phénix dorés, poissons multicolores de toutes tailles, insectes et dragons géants, véhicules de papier aussi grands que les vrais... J'aimerais installer mon cœur et mon esprit sur l'aile d'un phénix pour voler dans le ciel au gré du vent. Je regarderais en bas les humains devenus nains courir de droite et de gauche, parfois ceinturés par d'autres de peur qu'ils ne s'envolent. On ne sait alors s'il s'agit de petites marionnettes à fil guidées par les cerfs-volants ou si c'est l'inverse. En fermant les yeux, je sentirais un souffle tiède effleurer mon visage, peut-être un signal envoyé par les huit immortels ?

D'un coup, mon phénix entreprend une série impressionnante d'acrobaties, loopings, piqués, ascensions fulgurantes. Je suis contraint de m'accrocher de toutes mes forces pour ne pas tomber. Peur et nausée m'envahissent. Sans savoir comment, je me retrouve cloué au sol sain et sauf. Autour de moi presque le silence. Voix chuchotées et pas feutrés. Approche un groupe où sonnent de joyeuses voix enfantines. Celle, plus ferme d'un adulte invite à lever les yeux vers les formes flottantes, cerfs-volants pleins de grâce, le plus souvent immobiles. Les regards émerveillés dans lesquels je crois reconnaitre les étincelles de mon enfance, me consolent d'avoir atterri.

Je serais heureux de vous faire découvrir mon univers comme à ce groupe d'écoliers attentifs. Si vous venez dans le Shandong, il vous suffit de vous arrêter à Weifang. Grâce à un petit pas de côté, faites tout d'abord un crochet par le village de Yangjiabu. Vous y découvrirez des artisans qui se consacrent à l'art de fabriquer cerfs-volants et estampes traditionnelles. Ils et elles manient avec grande habileté pinceaux, ciseaux, planches de papier de soie, presses… Puis, rendez-vous au musée. Tout y est conté sur l'histoire, les techniques et même les vertus thérapeutiques des objets volants faits de papier, d'osier et de bambou.

Je vis au milieu d'eux depuis quelques décennies, sans me lasser de leur beauté magique : elle alimente mes rêveries. Je vous en prie, venez me raconter le soleil et le vent, le ciel et les nuages, et tout ce que vous avez pu y découvrir. Je suis hélas bien empêché d'y avoir accès. Vous me reconnaitrez sans aucune difficulté : je trône au centre d'une estrade, adulte immobile, un bras et le regard tendus vers les hauteurs. Ma statue est fixée au plancher de l'estrade. Je suis de couleur très sombre. Un visiteur m'a observé en parlant de l'existence d'un personnage analogue dans une posture tout aussi étrange que la mienne au milieu d'une place, dans une lointaine ville de France. Il peut voir le ciel car il est en train de réaliser le pas de côté.

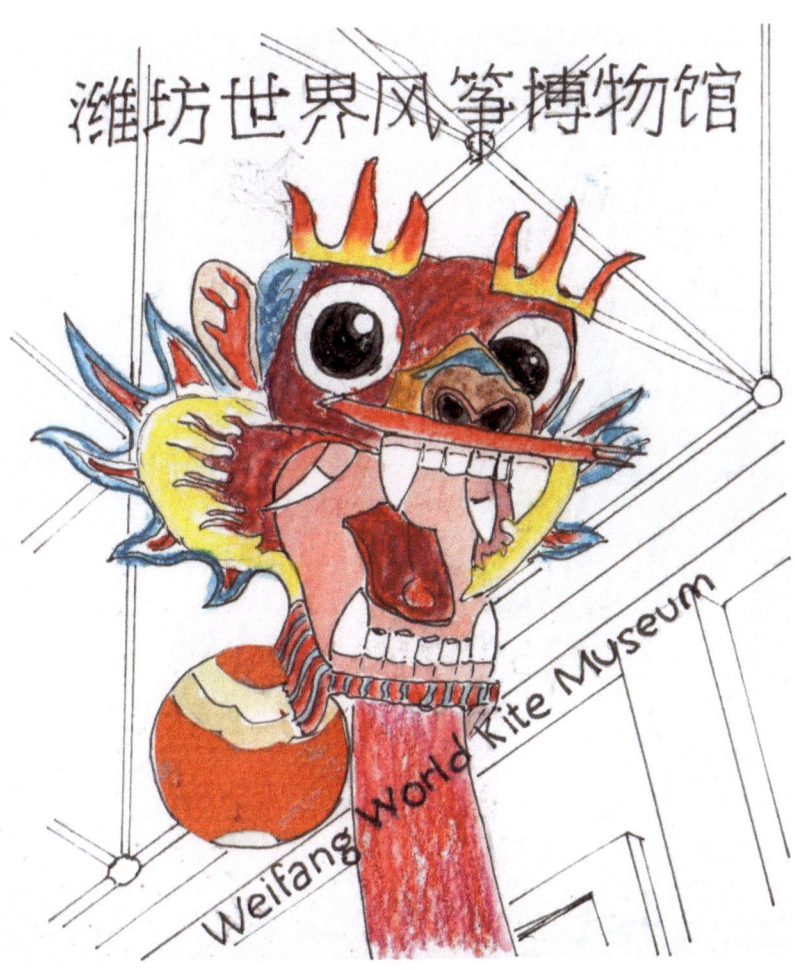

人山人海

(*Rén Shān Rén Hǎi*)

homme-montagne-homme-mer

Chengyu

Maximes, proverbes ou sentences ? Quatre caractères immuables issus pour la plupart de la littérature classique, véritables défis pour les traducteurs.

Leur donner un sens nécessite de connaître leur origine et le contexte contemporain de leur usage. Quels messages se dissimulent ci-dessous ?

REPÊCHER UNE AIGUILLE DANS LA MER

大海捞针

(Da hai lao zhen)

Yveline Canal

L'enfant était encore dans la rue, il jouait avec une petite voiture rouge qu'il faisait circuler entre les racines de l'arbre devant la maison où travaillait sa mère. De sa cachette, Wang Liu entendait le patron, un vieil homme coléreux, qui pressait la jeune femme de terminer son ménage et de débarrasser la table. Une telle femme ne méritait pas cet enfant, elle le délaissait trop souvent. Le père absent tout au long de l'année, ne revenait que pour le nouvel an. Wang Liu avait entendu la mère qui bavardait avec une voisine, elle avait voulu le mettre au jardin d'enfants, mais c'était cher et réservé aux parents qui travaillaient à plein temps. Elle ne faisait que quelques heures chez des personnes âgées, celles qui voulaient bien supporter la présence de l'enfant. Wang Liu ne pouvait plus attendre, il n'aurait pas de meilleure occasion. Il avait déjà approché l'enfant, lui faisant quelques grimaces pour le faire sourire. Aujourd'hui il avait fait tomber une petite voiture de sa poche, et l'enfant l'avait ramassée, c'était la même que la sienne. Il fallait agir vite, son commanditaire lui mettait la pression, il lui devait une grosse somme d'argent qu'il ne pourrait jamais rembourser. Toutes les excuses lui passaient par la tête. La mère n'était pas une bonne mère, le père était un incapable, l'enfant pourrait être mieux nourri, mieux habillé, éduqué, et surtout il ne serait plus toujours seul comme maintenant.

Attirer l'enfant ne posa aucun problème, il était très gentil et confiant. Il glissa sa main dans sa main et ils se cachèrent derrière un gros camion de gravats avant de grimper dans la cabine du camion de Wang Liu. « Chut ! Je vais te chercher plein de petites voitures ! »

Dix ans, son monde s'était écroulé dix ans auparavant. Lili ne comprenait toujours pas comment son petit garçon avait pu disparaître, comme çà, en plein jour, à deux pas de chez son employeur. De lui on n'avait retrouvé qu'une petite voiture rouge, qui n'était même pas la sienne, puisque celle-ci était neuve.

Lili avait tout perdu avec cet enfant, son mari et sa belle-famille ne lui avaient pas pardonné, le divorce avait été prononcé.

Quand elle était allée déclarer la disparition, les policiers ne l'avaient pas prise au sérieux, le petit devait se cacher chez les voisins ou alors c'était elle qui lui avait fait du mal ou pire l'avait vendu à des parents en mal d'enfants !

La vie de Lili s'était transformée en enfer, même ses employés la regardaient suspicieusement. Lili avait dû quitter cette petite ville pour faire comme des millions d'hommes et femmes en Chine et intégrer une grande entreprise comme ouvrière. Les rares congés la mettaient au supplice, elle n'avait nulle part où aller et surtout personne à qui parler. Son seul refuge était ce petit ordinateur, elle conversait avec des gens qui avaient subi le même cataclysme. Régulièrement une brigade spécialisée retrouvait la trace de ces enfants perdus, et on voyait les larmes sur le visage des parents. La plupart du temps, les enfants avaient été revendus, grâce à des intermédiaires, à des familles qui ne pouvaient concevoir une descendance. Un semblant d'administratif et l'immensité de la Chine brouillaient les pistes. Les parents étaient souvent de bonne foi, croyant adopter un enfant abandonné. Les petits garçons en bonne santé étaient très convoités et les nouveaux riches prêts à payer de jolies sommes à ces faux orphelinats.

Lili ne croyait pas retrouver le bonheur d'être mère. Grâce à une application, elle avait fait vieillir le visage de son enfant d'après la seule photographie qu'elle possédait. Dès qu'elle avait un moment elle plongeait dans les pages d'internet, avec l'espoir d'apercevoir le visage de son enfant chéri.

Tous les soirs elle s'endormait en serrant dans ses mains cette petite voiture rouge qu'on avait retrouvée à l'endroit de la disparition. Cette petite voiture l'obsédait, mais comme lui avaient dit les policiers, c'était comme pêcher une aiguille dans l'océan. Ce petit jouet avait été produit à plusieurs millions d'exemplaires, alors…

La mer ? Pourquoi la mer ? Son cœur semblait lui dire que son enfant était près de la mer, dans ses rêves elle entendait le ressac des vagues. Le matin elle se passait la langue sur les lèvres s'attendant à y trouver le goût du sel. Et pourtant jamais elle n'était allée à moins de mille kilomètres de la mer.

Mais elle devait aller voir la mer, elle voulait sentir dans ses cheveux le vent qui frôlait les joues de son enfant.

Pour le Nouvel An elle acheta un billet de train en direction de Qingdao, la grande ville de l'est. Elle ne savait pas ce qu'elle pouvait en attendre, mais elle devait voir la mer pour s'imprégner de la présence de son fils. Ce qui lui restait de famille essaya bien de la dissuader, lui rappelant combien cette ville était grande, elle allait encore être déçue. Comment pourrait-elle retrouver son fils dix ans après son enlèvement ? Et puis qu'avait-elle à lui offrir ? Il était sans doute mieux dans sa nouvelle famille.

Elle ne savait effectivement pas ce qu'elle devait en attendre, mais elle devait voir la mer pour retrouver son enfant.

Son premier souci en sortant de la gare fut de trouver un taxi qui voulait bien l'emmener au bord de l'océan. C'était loin et cher, mais elle se devait d'y aller.

En cette période hivernale, les plages n'étaient pas bondées, mais de nombreuses familles profitaient de leurs congés pour marcher sur le sable, ou pique-niquer en famille. Le cœur de Lili s'emballait en voyant des adolescents qui jouaient au foot. Peut-être que c'était l'un d'eux…

Elle avait réussi à obtenir un lit dans une chambre commune de l'auberge de jeunesse. Le téléviseur de la salle à manger diffusait un reportage sur de jeunes sportifs, qui sans aucun doute seraient sélectionnés pour les jeux olympiques de Paris. Ils avaient obtenu de très bons résultats aux jeux nationaux de la jeunesse chinoise. Un des jeunes était de la région, il était filmé dans sa chambre d'adolescent. La caméra s'attardait sur les trophées disposés sur des étagères. Sur un des meubles une photo le montrait quand il était très petit entouré de ses deux parents, dans sa main droite un petit véhicule rouge. Lili sentit son cœur faire un bond. Elle nota très soigneusement le nom de l'athlète et se rendit immédiatement sur internet où elle put avoir des photos plus nettes que celles du reportage. Le jeune homme ressemblait vraiment au portrait qu'elle avait fait « vieillir ».

Obligée de repartir dans sa province, Lili se sentait légère et angoissée, elle avait retrouvé son fils !

En 10 ans elle avait amassé une petite somme d'argent qu'elle destinait à un avocat si elle ne pouvait faire autrement. Elle avait aussi contacté une association dédiée à la recherche des enfants perdus. Après quelques années ils avaient cessé leurs investigations, mais lui avait dit de garder espoir quand la police avait décidé de classer l'affaire. Informés de sa découverte des membres de l'association étaient venus la voir. Convaincus qu'il y avait un espoir, ils s'étaient renseignés sur les parents du jeune sportif.

Effectivement, cet enfant avait été adopté. Il avait été recueilli dans un orphelinat qui avait fermé ses portes depuis au moins huit ans. Les parents adoptifs très riches, étaient des Américains qui avaient investi en Chine. Le garçon était leur seul descendant et tout semblait leur réussir.

Lili s'était posé la question : allait-elle détruire une famille aimante, pour récupérer son fils ? Et celui-ci comment le prendrait-il ? Elle n'avait pas le même niveau de vie et jamais elle ne pourrait lui offrir un avenir équivalent à celui que lui réservaient ses parents adoptifs.

Mais c'était son fils, elle ne voulait rien d'autre que le serrer dans ses bras comme quand il était petit, et lui dire qu'elle ne l'avait pas abandonné, ni vendu, comme beaucoup de pauvres gens le faisaient.

L'association avait prévenu la police, qui avait demandé à la famille adoptive les preuves de l'adoption plénière et surtout demandé que l'on fasse une analyse génétique comparative.

Lili n'avait aucun doute, c'était son fils et elle ne pouvait plus attendre. Elle avait fait son sac et demandé un congé exceptionnel à son employeur. La confirmation de la filiation lui fut signalée par l'avocat de l'association alors qu'elle était déjà dans un train pour Qingdao.

Quand elle se présenta au pied de l'immeuble où habitait son fils, sa fébrilité lui fit hésiter avant de téléphoner.

Une très belle femme sortit de l'ascenseur et se présenta à Lili avec une voix enrouée de sanglots. Le mari attendait à la porte de l'appartement, honteux et triste. Il conduisit Lili au salon, face à la mer et ses ressacs.

Les parents expliquaient que jamais ils n'avaient voulu voler l'enfant. Peut-être allait-on pouvoir s'arranger…

Lili avait le cerveau embrumé, elle ne comprenait pas ce qui se disait, elle ne comprenait pas comment on pourrait « s'arranger ». Elle ne voulait qu'une seule chose : voir son fils !

Celui-ci rentrait du lycée, intimidé par la présence de cette étrangère qui s'avançait vers lui. La voix douce de Lili résonnait dans sa tête, où avait-il entendu cette voix ?

Son père lui expliqua en quelques mots ce qui venait de se passer et lui présenta sa génitrice.

Enfin elle le serrait dans ses bras. Comme il était grand ! Effectivement il sentait la mer !

Les années passaient. Lili s'était installée à Qingdao dans un appartement des parents adoptifs. Son fils venait la voir quand il en avait envie. Lili était la plus heureuse des mamans même si on lui avait volé 10 ans de sa vie. Elle voulait que son obstination soit un exemple pour d'autres qui comme elle recherchait leur enfant. Elle avait créé sa propre association et s'impliquait dans ce nouveau travail. Ces derniers temps elle avait été contactée par des enfants canadiens et américains, adoptés ils voulaient retrouver leurs racines. Tous les jours des parents lui écrivaient pour raconter comment ils avaient dû abandonner leur fille au détour d'une rue parce qu'ils n'avaient pas de quoi payer les pénalités pour le deuxième enfant.

Elle répondait à tous, même à ceux qui lui disaient que probablement l'enfant adopté était plus heureux qu'il ne l'aurait été s'il avait vécu chez eux. Sa réponse était toujours la même : « N'abandonnez jamais ! ».

SECONDE MAIN

当天事当天毕
(Dàng tiān shì dàng tiān bì)
Ne remettez jamais à demain ce que vous pouvez faire aujourd'hui

Christian Siguié

Cela faisait plus d'une semaine que Cai Li s'affairait dans sa boutique ***Diànnǎo jiā*** située au cœur de la *Technological Development Area* **TEDA** de Tianjin. À moins d'une heure de route du centre de la *Capitale aquatique du Nord*, et guère plus de l'entrée de Pékin, ce quartier stratégique était réputé pour ses voitures électriques et depuis peu à hydrogène que l'on y croisait régulièrement. C'est là que Cai Li était venu défier les géants chinois de l'informatique de manière surprenante. Ses connaissances numériques s'étaient longtemps limitées aux premiers programmes de bureautique qu'étudiants et employés découvraient trois décennies plus tôt. Jusqu'à ce que la magie de tableaux de calculs toujours plus automatisés, illustrés, croisés, agrégés... aiguise sa curiosité : il démonta, puis remonta - jusqu'à la dernière vis- le *modèle 107*, premier ordinateur à processeur chinois dont la puce *Xia 50* rendait hommage à Xia Peisu, mieux connue sous son surnom de « mère de l'informatique chinoise ».

Un soupçon de patriotisme, relevé d'une pointe d'ambition personnelle, le poussa à renouveler l'expérience sur un portable *Lián xiăng* fraîchement sorti des ateliers *Lenovo* de Pékin. Avec cette minutie qui lui garantissait jusqu'alors la perfection de ses formules et de ses programmations, il se découvrit capable de redonner vie à ces terminaux de savoir, qu'il entreprit de collecter autour de lui de manière plus systématique. Il débarrassait ainsi les habitants de la capitale voisine de leurs anciens modèles, leur permettant du même coup de monter en puissance dans une technologie sans cesse accélérée, et de réduire d'autant leur espace de travail. Il remplaçait, réparait, formatait, réinstallait, nettoyait toujours plus vite, avec toujours plus d'assurance...

Il parvenait aussi à ressouder désormais les condensateurs cramés de processeurs *overclockés* et reconnaissait d'un seul coup d'œil les barrettes mémoires défaillantes ainsi que les nombreux pièges tendus par une obsolescence programmée, toujours plus sournoise. De récupérations en rachats de stocks, Cai Li s'était ainsi constitué le premier dépôt informatique d'occasion connu à vingt lieues du magasin... dont il était tour-à-tour le commercial, le chef d'atelier et le chargé de communication. Il avait acquis de façon plus générale le sentiment d'être utile à sa nation, permettant par son recyclage le gain de productivité des uns, en même temps que l'accès au savoir informatique des autres.

Ses stocks d'ordinateurs, d'accessoires, puis de périphériques associés se décuplaient si vite que Cai Li n'eut vite d'autre choix que d'optimiser par tous les moyens l'espace dont il disposait. Peu à peu, les présentoirs du début firent place à des rayons automatisés, permettant le traçage des disques durs et cartes électroniques en attente de leur assemblage. Des palettes d'écran se superposaient aussi du sol au plafond : les 21'' en bas, les 17'' et 15,6'' en haut ! Les lois de la gravité et de la place disponible l'emportaient parfois sur les règles de l'accessibilité. De fait Cai Li éprouvait une fierté légitime dans la présentation de ses tours rutilantes, de ses portables *slims* aux formes toujours plus élancées, aux vitesses et aux capacités toujours plus audacieuses. Leur esthétique aussi, exhibée avec soin dès l'entrée du magasin, soulignait le « Grand Bond en avant du rattrapage technologique chinois » auquel Cai Li estimait avoir contribué de son mieux.

Pourtant, le vendredi du *Black Friday* chinois n'était plus qu'à 36 heures et il lui fallait <u>à tout prix</u> achever le conditionnement des ordinateurs publiés sur son site depuis deux semaines déjà. « À tout prix » n'était du reste qu'un euphémisme. Trop chers, ils ne pourraient rivaliser avec leurs équivalents neufs plus performants, tandis que les caractéristiques techniques des modèles bon marchés devenaient vite obsolètes… Il se souvenait avec un sourire amer de l'odeur d'urine de chat caractéristique de certains modèles étrangers, comme ses DELL *Optiplex*, qui avaient mis beaucoup de temps à trouver preneurs ! Ses clients étaient surtout très au fait des dernières tendances *hi-tech* du moment. S'ils n'étaient pas au rendez-vous ce vendredi, les ordinateurs reprendraient la poussière dans laquelle il les avait trouvés. Batteries et piles se déchargeraient infailliblement, et de nouvelles mises à jour chronophages seraient à prévoir.

Rien aux yeux de Cai Li ne pouvait être pire qu'une trop lente rotation de ses stocks. À part sans doute, sa crainte de voir débarquer la nouvelle gamme d'ordinateurs à hydrogène dont plusieurs firmes occidentales venaient d'annoncer la sortie imminente. Dans un passé récent, le moindre prototype sortait nécessairement d'un laboratoire ou d'un atelier du pays. La trop longue crise sanitaire semblait toutefois avoir peu à peu éloigné les investisseurs les plus lointains... et Cai Li dormait moins bien à la pensée d'une déferlante de ces appareils annoncés comme 100 % autonomes en énergie : devrait-il soudain mettre au rebut la moitié de son stock. De quoi vivrait-il alors ? Deviendrait-il ce dernier distributeur de l'un des constructeurs du pays, qui formait déjà leurs équipes à cette technologie du futur ?

Ah, s'il pouvait au moins terminer l'inventaire qu'il s'était promis d'effectuer depuis le début de l'année ! Mais l'idée d'un nouveau décompte le désolait. Alors Cai Li alluma un peu d'encens pour accompagner la prière qu'il avait composée lui-même « pour le succès de ses affaires et la rotation de ses stocks ». La senteur qui s'en dégageait le rassérénait peu à peu et il se rappela ce *chengyu* que lui répétait souvent sa mère quand il était encore étudiant en gestion : *Dàng tiān shì dàng tiān bì* : Ne remets jamais à demain ce que tu peux faire le jour-même !

« VA ! TU COMPRENDRAS ! »

人山人海

(Rén Shān Rén Hǎi)
homme-montagne-homme-mer

Aude Hazard

« Mélanie, ce chengyu 人山人海, à ton avis quelle est sa signification ? »

Nous sommes en train de lire un texte en chinois sur Shanghai et là, une phrase indique que la rue commerçante de Nanjing est « 人山人海 ». Mes camarades ont les yeux rivés sur moi. Ils n'ont aucune idée de ce que veut dire ce « 人山人海 » et comme je suis la meilleure élève du groupe, ils ont l'espoir que je puisse répondre sans que la prof vienne à les interroger.

Sauf que moi, je sèche. Il faut dire que je fais un blocage sur les *chengyu*, ces expressions populaires à quatre caractères qu'on commence à apprendre depuis la rentrée, qui proviennent le plus souvent de légendes ou de la Nature. Notre professeur nous dit que si on veut parler le chinois « comme les Chinois », il ne suffit plus d'appliquer les règles de grammaire, il faut intégrer à notre discours des chengyu. Sauf que je n'arrive pas à les retenir, encore moins à les intégrer dans les phrases.

J'ai déjà vu ce *chengyu* quelque part, mais impossible de me souvenir de son sens.

« Mélanie, tu reconnais bien les 4 caractères 人, 山, 人 et 海 ? »

À cette question, je reprends de l'aplomb. Oui ! Je sais ! Les 4 caractères sont de niveau débutant homme-montagne-homme- mer. C'est facile quand-même.

« Mélanie, oui c'est bien ça, peux-tu traduire littéralement 人山人海 ? »

Allez, on se concentre, ce ne sont pas 4 petits caractères chinois de niveau débutant qui vont me déstabiliser quand-même !

Homme-montagne-homme- mer …. des montagnards et des marins ? La montagne des hommes et la mer des hommes ? Les hommes montent sur la montagne et les hommes vont dans la mer ? Mais qu'est-ce que ça peut bien vouloir dire ? Tout se mélange, je m'y perds.

La prof voit bien que mon cerveau tourne à plein régime, mais en rond.

Je sèche, je sèche, je sèche.

« Foule immense ! » s'écrit tout à coup mon voisin de droite, que je voyais trépigner sur sa chaise, le doigt haut levé sous les yeux de la professeure.

Dans ma tête, les connexions ne se font pas, comment peut-on passer de « Homme-montagne-homme-mer » à « Foule immense » ? Je me jette sur mon petit dictionnaire, la définition est sans appel : « une véritable mer humaine ; une grande affluence ; un monde fou ; une foule immense ». Aucune explication supplémentaire, je reste sur ma faim. Les *chengyu* sont décidément un grand mystère.

Quelques semaines plus tard, nous partons tous en voyage scolaire dans la province du Shandong en Chine, destination la ville côtière de Qingdao où notre lycée partenaire nous accueille. Au programme, visite de la ville s'étalant sur 50 km entre mer et montagne. On nous parle d'une architecture typique, de nombreuses plages de sable blanc et granit rose, d'une montagne sacrée Laoshan, du nom d'un célèbre thé vert chinois…

Mon rêve se réalise. À la lecture du programme, mon imagination explose : je vois déjà de magnifiques montagnes escarpées vues sur les peintures traditionnelles chinoises que j'affectionne, des cascades et des torrents coulant jusqu'à la mer de Chine, une mer de jade à l'horizon infini, une ville typique aux petites maisons imbriquées les unes aux autres dans un dédale de ruelles, de petits temples accrochés à la paroi de falaises surplombant la ville, de grands espaces naturels et sauvages où l'on aperçoit ici et là de petits pêcheurs tranquilles et solitaires sur leurs jonques aux voiles rouge-orangées déployées, plus loin des collines de thé à perte de vue aux travailleuses cachées sous leur chapeau pointu tressé… Notre professeure nous a montré tellement de belles images de la Chine traditionnelle !

Arrivée à la gare de Qingdao au petit matin, je ne reconnais rien à ce que j'avais rêvé : l'architecture est occidentale – j'apprenais alors que Qingdao avait été un comptoir allemand d'où son architecture « typique », non pas chinoise mais allemande... La place devant la gare est bétonnée et la foule est immense ! Un peu plus loin, le bord de mer est également bétonné. La petite pagode au bout de la jetée parait toute triste, à peine visible du fait d'une brume épaisse qui bouche l'horizon. Pas une jonque, pas un pêcheur, mais des milliers de touristes qui, à peine sortis de la gare, viennent se prendre en photo sur le remblai pour bien marquer leur arrivée.

Le lycée partenaire se trouve un peu en hauteur de la vieille ville allemande, dans des bâtiments à l'architecture occidentale, pas de ruelle sinueuse, pas de maison aux toits enchevêtrés, mais un établissement gigantesque et austère, accueillant 5 000 élèves ! Nous arrivons à l'heure de la gymnastique matinale des lycéens ; tous les espaces extérieurs du lycée sont pris d'assaut par les groupes de jeunes, les uns derrière les autres, qui se mettent à faire les mêmes mouvements rythmés au son d'un haut-parleur grésillant. Quelle foule !

Un peu plus tard dans la matinée, la brume se lève et dévoile une Chine que je n'aurais jamais imaginée : bâtiments occidentaux un brin délabrés, peu de végétation, un bord de mer bitumé. Mais nous partons bientôt en bus à la montagne sacrée Laoshan, mes espoirs de Chine traditionnelle se raniment.

Sur le programme, j'avais lu « une ville qui s'étend sur 10 km entre mer et montagne », le choc est immense. Nous roulons sur 10 km en effet, mais le paysage qui défile sous mes yeux n'a rien à voir avec les ruelles sinueuses, la nature sauvage des montagnes côtoyant les collines délicates de thé vert.... Nous roulons sur une seule et unique avenue aussi large qu'une piste d'aéroport, recouverte de véhicules en tous genres, aux trottoirs grouillant de piétons et entourée de buildings et magasins aux enseignes publicitaires...

Effectivement nous apercevons la mer entre les buildings sur la droite, et même parfois des plages. La mer de Chine, immensité de jade aux pêcheurs solitaires dans mon imaginaire, s'est transformée en autoroute de porte-containers. Quant aux plages, on ne voit pas très bien si elles sont de sable blanc aux rochers de granit rose, elles sont tellement recouvertes de manèges, de glaciers et d'une foule qui n'a même pas la place d'y étaler sa serviette !

Sur la gauche de l'avenue, la montagne surplombe la ville, j'y devine sa beauté d'antan, majestueuse de falaises et d'arbres épars, de rochers aux gravures calligraphiées rouges, dignes de mes rêves. Seulement, les temples traditionnels suspendus aux parois ont disparu pour laisser place à des milliers d'immeubles et de villas modernes se chamaillant sur des kilomètres la plus belle vue…. Que de monde à loger !

La journée se déroule aussi déroutante que magique : la montagne sacrée Laoshan est magnifique mais on passe la journée à faire la queue : la queue à l'entrée du parking, la queue à l'entrée du temple, la queue à l'entrée du chemin pour gravir la montagne, trajet à la queue leu leu, retour à la queue leu leu, embouteillages pour sortir du parking, embouteillage sur l'avenue de 50 km de long….

Le soir, arrivée dans ma chambre, je m'installe sur mon lit et ouvre la première page de mon carnet de voyage. Et alors qu'il y a quelques semaines, il était un mystère pour moi, j'écris en gros titre ce chengyu : 人山人海,

Rén Shān Rén Hǎi : homme-montagne-homme-mer.

CHASSEUR DE DRAGONS

屠龙之技

(Tú lóng zhī jì)

Posséder la compétence de tuer les dragons

Bernard Conseil

À l'occasion des vacances scolaires du nouvel-an, Dong le grand-père, peintre et calligraphe, retrouve chez lui tous ses petits-enfants. Il habite la maison familiale dans les montagnes du Wudang. Elles sont réputées pour leurs formes, ayant inspiré de nombreux peintres durant des millénaires.

Il y a Wang et sa très jeune sœur Mei. Lui vient de terminer à l'Université de Shanghai ses études d'hydrologie et recherche très activement un poste correspondant à sa qualification, si possible dans la région des Trois Gorges.

Il y aussi Yao, la belle fille avec ses deux enfants : Ming l'ainé termine ses études de littératures comparées et sa sœur Li Na, entamera à la rentrée des études de biologie. Les deux enfants et leur mère sont ici depuis le départ précipité de toute la famille depuis Wuhan, il y a plus de deux ans. Quant au chef de famille il a été *manu-militari* contraint de reprendre son poste au laboratoire P4 et depuis n'a pas été autorisé à le quitter. Il n'a donc pas revu les siens. Quant à la famille, elle préfère vivre ici, libre au grand air plutôt que là-bas, avec toutes les contraintes des tests journaliers et le risque permanent d'un long confinement arbitraire, quitte à poursuivre la scolarité en distanciel. Quant à la mère, elle participe à faire tourner la maison de son beau-père.

Malgré la température glaciale sur la terrasse, devant l'assistance familiale, après avoir longuement caressé sa barbe blanche, le grand-père installé dans un coin abrité du vent, dépose devant lui une nouvelle feuille blanche. Avec le pinceau en d'amples et souples gestes, il fait surgir des montagnes, sur lesquelles s'écoule un agile torrent dévalant leurs pentes, c'est l'objet de toute son attention. Grâce à quelques touches d'encre il donne vie à l'eau et avec un pinceau plus fin, dépose la végétation le long de ses rives, que semble agiter la bise hivernale.

Sa plus jeune petite-fille Mei, s'ébahit :

- Grand-Père, c'est super, c'est comme un poème ; j'entends l'eau qui coule et le vent qui souffle !
- Oui Mei, c'est le souffle du pinceau ! Il m'apporte beaucoup de bonheur et aussi un peu d'argent. Mais il existe aussi d'autres façons, très différentes, de rendre vivante l'eau qui coule. N'est-ce pas Ming !

Proposant alors de rentrer au chaud dans la maison, il poursuit :

- Ming, pourrais-tu nous lire le texte que tu as travaillé pour ton examen, celui que tu m'as montré hier soir à la veillée ; tu l'as écrit "à la façon de..." en t'inspirant d'un écrivain très connu en France dont j'ai oublié le nom. Par contre, je me souviens très bien du titre de l'œuvre, c'est : "Poursuivre la mémoire du temps, comme l'eau écoulée"

En voici une phrase extraite de son texte :

« Le torrent de montagne, c'est d'abord à l'oreille une symphonie cristalline apaisante, que complètent quelques mélodieux chants d'oiseaux et que vient accompagner le bruissement du vent agitant, telle une vague en Mer de Chine, les roseaux dont les reflets se brouillent dans l'eau du torrent ; c'est aussi quand on aiguise le regard, des dizaines de gouttes d'eau projetées dans l'azur et qui retombent irisées par les ardents rayons du soleil en un collier de diamants comme celui que portent, non les jolies femmes de Shanghai, mais les fées de la montagne, celles qui observent les humains regardant le torrent s'écouler comme le temps de leur vie , et ce sans retour possible en arrière, incapables de modifier le passé pour en améliorer le présent, déjà oublieux qu'ils sont des leçons de l'histoire pour pouvoir au moins en améliorer leur futur ! »

Le grand-père le félicite, alors que son cousin lâche brutalement :

- *Tú lóng zhī jì* (ce qu'on pourrait traduire littéralement par "Posséder la compétence de tuer les dragons").

L'auteur le fusille alors du regard et Mei s'en étonne :

- Je ne comprends pas pourquoi vous vous disputez à propos de cette histoire de dragons.

Le grand-père intervient alors :

-   Je vais t'expliquer Mei, ça a rapport avec une légende. Autrefois vivait un homme qui voulait apprendre à chasser les dragons. Donc il trouva un maître pour lui enseigner cette compétence. Il passa trois ans à s'entrainer et dépensa toutes ses économies jusqu'au jour où enfin, il était prêt pour se lancer à la chasse au dragon.
    Seul problème, les dragons ça n'existe pas. Donc à quoi va bien lui servir cette compétence ? Et bien à rien... Voilà, ce proverbe décrit toutes ces compétences durement acquises et qui ne servent à rien.

Yao, jusque-là restée silencieuse, intervient :

-   Oui, c'est comme passer cinq ans à étudier pour un diplôme et se retrouver aujourd'hui au chômage.

Eau

L'eau : un bien plus précieux que l'or parfois, source de rivalité… ou simple synonyme d'un bonheur quotidien.

Essentielle à la vie, l'eau est vitale pour la société humaine, son bien-être et son environnement.

L'eau peut aussi nous évoquer tellement d'autres choses encore :

- Mers, lacs et rivières…

- Pluies, brumes et orages…

- Sources, boissons et fontaines…

- Bouillon de cuisson du riz et d'autres ingrédients…

.

PLUIES ARTIFICIELLES

Christian Siguié

D'un large puits de lumière, Zheng Yi contemplait le ciel invariablement dénué du moindre nuage, qui surplombait son *bungalow* souterrain, ainsi que le potager qui l'entourait.

Celui-ci était traversé par un ruisseau peu profond et cristallin, dont les méandres réguliers semblaient s'étendre jusqu'à l'horizon. Cette limite imaginaire était aussi bien plus rapprochée à ses yeux que la ligne bleue escarpée qu'elle avait observée enfant. Ah, ces souvenirs trépidants d'une autre vie plus empressée dont elle avait oublié les sacrifices scolaires, pour ne plus conserver en mémoire que ses sorties estivales à la mer, ses randonnées à la montagne. C'est justement au sommet de ses études que Zheng Yi avait étonné, voire effrayé, ses parents en leur annonçant sa nouvelle vocation de pionnière. Le projet de développement agraire pour lequel elle venait d'être retenue prévoyait heureusement une rente à vie en soutien à son père et sa mère. Les parents, inquiets que leur fille unique ne se soit laissé influencer par son goût immodéré pour la culture française, s'en trouvèrent rassurés. Tous deux se méfiaient plus particulièrement de cet écrivain aventurier, visionnaire natif de Nantes en France, auquel elle faisait régulièrement allusion…

Et c'est ainsi que Zheng Yi se retrouvait aujourd'hui à contempler tantôt les rayons aveuglants du soleil, tantôt une superbe nuit étoilée. Pas une goutte de pluie, pas un souffle de vent ne venait troubler ce paysage, à l'exception peut-être de ces grosses bulles d'hydrogène qui explosaient de temps à autre au contact de l'eau de son ruisseau. Malgré ces fuites devenues inévitables avec l'ampleur que prenait son projet, Zheng Yi s'émerveillait toujours de la capacité d'irrigation générée par ses seules installations, qui dessinaient peu à peu une vaste bande verte, semblable aux champs arrosés par le Nil en Égypte. Ses créations fruitières et potagères étaient certes bien plus modestes... mais Zheng Yi était déjà convaincue que la fluidité contrôlée de son oasis artificielle parviendrait à nourrir un jour une ville entière, et bien davantage. « *Tiānkōng cái shì jíxiàn* » : « *Sky is the limit* » souriait-elle en citant l'expression qu'elle avait retenue d'une trop brève année d'études sabbatiques à SEATTLE, aux USA.

Tous ses collègues de promotion avaient effectué depuis « le Grand Saut en avant », avec pour mission principale de sélectionner les plantes et les arbustes qui peupleraient les quinze *mus* de terrain alloués à chacun. « *Tiānshàng yǒu xīngxīng yīyàng duō de lù diǎn* : autant de points verts que d'étoiles dans le ciel » était la devise des heureux promus.

Pourtant, leurs efforts avaient été aussi colossaux et leur sélection aussi sévère que celle des végétaux retenus pour leurs valeurs nutritive et thérapeutique, mais aussi pour leur capacité d'adaptation aux variations climatiques les plus extrêmes. Zheng Yi avait quant à elle développé une véritable maîtrise de la gestion de l'eau qu'elle renouvelait par l'association de flux massifs d'hydrogène et d'oxygène, extraits en limite de la base d'exploitation voisine. Elle s'était fait par ailleurs une spécialité de la conservation du précieux liquide ainsi produit, qui venait désaltérer et rafraichir par évaporation pousses et racines, dès que s'élevait la température des supports de culture utilisés. Une partie de cette eau était également recueillie dans les bassins assemblés en rangées parfaitement linéaires, jusqu'à former le gigantesque aquarium devenu le plancher vitré de son espace de vie. Une tonne de truites sauvages pour un mètre cube d'eau, rien de moins, y croissait dans ce milieu à haute densité, en prévision de leur reproduction programmée.

Contemplant l'étendue de la production générée de ses propres mains, c'est aussi là que Zheng Yi avait installé le plateau à hologrammes, d'où elle échangeait quotidiennement de précieux conseils avec le Centre *agrospatial* de Tianjin... avant d'admirer au dehors la portée de ses créations lunaires. Une nouvelle nuit s'installait, et Zheng Yi observait fièrement la pointe de bleu et de vert qu'elle avait ajoutée au décor du Lever de Terre qui se dessinait à l'horizon pour quatorze jours terrestres encore. La condensation des précieuses molécules d'eau portées par les vents solaires remplirait ses réserves d'hydrogène et d'oxygène pour une journée lunaire de plus. De fait, les prédictions de la sonde *Chang'e* s'étaient toutes confirmées depuis son alunissage du 07 janvier 2019. Zheng Yi vouait là une gratitude infinie à la déesse qui avait inspiré son nom à l'engin spatial. Cette jeune relique de vingt ans, désormais statufiée au sommet de son chalet d'adoption, n'avait-elle pas porté la vie d'un premier pied de coton ? Certes chétif et de courte vie, ce premier végétal lunaire méritait bien sa gratitude et son plus profond dévouement.

LA GUERRE DE L'EAU

Bernard Conseil

Sur les contreforts du Tibet, Yun se promène avec sa fille Yao âgée de six ans, quand de gros nuages filent vers l'ouest du côté de l'Inde.

- Dis Papa, ils exagèrent les nuages, ils ne pleuvent pas au-dessus de chez nous, alors que c'est tout sec partout.
- Oui, Yao ils vont pleuvoir là-bas chez nos voisins les indiens et on aura encore rien cette fois-ci.
- C'est pas possible qu'ils laissent pas tomber de l'eau sur leur route en allant là-bas. Ça permettrait d'avoir quelques fleurs à côté de la maison, comme chez ma copine qui habite sur un bateau en bord de la rivière.
- Tiens, tu me fais penser à une histoire, je te la raconterai ce soir quand tu te coucheras.
- Ouais, ouais, mais en attendant, est-ce qu'il existe quelque chose, qu'on pourrait lancer là-haut pour faire pleurer les nuages, du poivre par exemple.
- Pas du poivre, mais de l'iodure d'argent. Le gouvernement chinois a déjà fait des premiers essais, ils avaient l'air concluants.
- Comment ils font pour lancer l'ordure d'argent ?
- C'est avec des avions, ils dispersent le produit directement dans les nuages et ça pleut !

Au fur et à mesure que le soleil se couche derrière les montagnes, les nuages deviennent de plus en plus gris, voire même noirs, mais sans une goutte de pluie. C'est bientôt l'heure du coucher, Yao rappelle à son père, qu'il lui a promis une histoire avant de s'endormir. La voici :

« Une vieille dame possédait deux grands pots, chacun suspendu au bout d'une perche qu'elle transportait appuyée derrière son cou. Un des pots était fêlé, alors que l'autre pot était en parfait état et rapportait toujours sa pleine ration d'eau. À la fin de la longue marche du ruisseau vers la maison, le pot fêlé n'était plus qu'à moitié rempli d'eau.

Tout ceci se déroula quotidiennement pendant deux années complètes et la vieille dame ne rapportait chez elle qu'un pot et demi d'eau. Le pot intact était très fier de son œuvre mais le pauvre pot fêlé, lui, avait honte de ses propres imperfections et se sentait triste. Il ne pouvait faire que la moitié du travail pour lequel il avait été créé.

Après deux années de ce qu'il percevait comme un échec, il s'adressa un jour à la vieille dame, alors qu'ils étaient près du ruisseau :

- J'ai honte de moi-même parce que ma fêlure laisse l'eau s'échapper au retour vers la maison.

La vieille dame sourit.

- As-tu remarqué qu'il y a des fleurs sur ton côté du chemin, et qu'il n'y en a pas de l'autre côté ? J'ai toujours su à propos de ta fêlure, donc j'ai semé des graines de fleurs de ton côté du chemin, et chaque jour, lors du retour à la maison, tu les arrosais.

Pendant deux ans, j'ai pu ainsi cueillir de superbes fleurs pour décorer la table. Sans toi, étant simplement ce que tu es, il n'y aurait pu avoir cette beauté pour agrémenter la maison... »

Yao, fatiguée de sa longue marche avec son père, s'endort alors profondément et n'entend ni la cohorte d'avions vrombissant au-dessus de la cabane, ni la pluie tomber en abondance toute la nuit martelant le toit de tôle.

Au matin suivant, avant que sa mère n'ait eu le temps d'intervenir, Yao se lève et à la place du tapis avec ses pantoufles elle plonge les pieds dans une mare d'eau.

- Maman, Maman, que se passe-t-il ? On est sur un bateau comme chez Ma Jong !
- Oui et non, il a beaucoup plu cette nuit. C'est partout inondé et le fleuve sur lequel habite ta camarade de classe a du beaucoup grossir cette nuit. J'espère qu'il ne lui est rien arrivé et que les barrages sur la rivière vont tenir, ce qui n'a pas été le cas de la digue !

Douze heures plus tard, alors que le soleil commence à éclairer la face Est du bâtiment de l'ONU à New-York, le représentant indien dépose une motion contre la Chine, l'accusant d'avoir détourné de l'eau à son profit aux dépens de l'Inde.

LE THERMOS 一百岁 !

Longue vie au thermos !

Aude Hazard

2002, ancien campus de l'Université du Liaoning, ville de Shenyang, province du Liaoning dans le Nord-Est de la Chine.

Nous sommes 8 par chambre universitaire, nous vivons tous sur le campus en fait, nous les boursiers qui venons de la campagne. 8 m2 de chambre, 4 lits superposés collé-serrés.

Notre quotidien est rythmé par les mégaphones de l'Université qui nous réveillent, nous font faire la gymnastique matinale en rythme, nous indiquent le début et la fin des cours, l'heure d'ouverture des douches communes, l'allumage et l'extinction des feux du campus.

Nous avons 4 heures d'eau chaude par jour sur le campus, 2 heures de 6h à 8h, 2 heures de 17h à 19h. C'est à chaque fois la ruée vers les bains du campus et nous faisons la queue, parfois jusqu'à une heure dans le froid, tous emmitouflés dans nos gros manteaux, mais c'est un chouette moment convivial, on discute, on rigole, on rencontre d'autres étudiants, tenant tous à la main notre mini-panier en plastique coloré contenant nos mini-tubes de produits de beauté, de mini-serviettes pour nous sécher et de claquettes, tous identiques, tous achetés dans l'unique supérette de l'Université. Et ensuite, quel plaisir de rester 10 minutes sous l'eau bouillante ! Même si un surveillant nous répète toutes les 2 minutes qu'il faut se dépêcher et penser à celles et ceux qui attendent leur tour dans le froid, c'est tout de même notre moment plaisir avec nos camarades boursiers, nous n'avons pas ce luxe dans nos campagnes...

En parlant d'eau, nous avons droit à un gros thermos au bouchon en liège par chambre, on se relaie pour le remplir à la centrale d'eau potable du campus tôt le matin, nous pouvons ainsi avoir de l'eau chaude dans notre chambre universitaire dès le réveil. Nous avons tous acheté le dernier modèle de mini-thermos, nous pouvons ainsi boire de l'eau chaude toute la journée en classe ou à la bibliothèque, quel luxe !

2012, nouveau campus de l'Université du Liaoning.

Nous sommes 4 dans notre chambre universitaire, nous vivons presque tous dans l'Université en fait, nous les boursiers qui venons de la campagne. 8 m2 de chambre, 4 lits en hauteur, sous lesquels se calent un bureau et une armoire.

Notre quotidien est rythmé par les mégaphones qui nous réveillent, nous indiquent l'heure de la gymnastique matinale, du début et de la fin des cours. La radio de l'Université diffuse sur tout le campus de la musique à la mode en dehors des heures de cours, quel plaisir !

Il y a deux douches communes dans chaque résidence universitaire, nous faisons la queue dans le couloir aux heures de pointe avant et après les cours, mais c'est un chouette moment convivial, on discute, on rigole entre étudiants de la même résidence, tenant tous à la main notre mini-panier en plastique coloré regorgeant de mini-tubes de produits de beauté, de mini-serviettes pour nous sécher et de claquettes, divers et variés, achetés dans une des supérettes de l'Université ou dans les petites boutiques qui fleurissent à l'entrée du campus.

Mais il nous arrive aussi d'aller à la douche à d'autres heures, entre deux cours ou si un professeur est absent, cela nous évite de faire la queue. Quel plaisir de rester alors au moins 15 minutes sous l'eau bouillante ! Même si un minuteur a été installé, on a trouvé une technique pour le réactiver à notre guise. C'est notre moment plaisir, nous n'avons pas ce luxe dans nos campagnes…

En parlant d'eau, chaque bâtiment de l'université possède une salle d'eau potable, un énorme percolateur y crache de l'eau bouillante 24h/24, nous avons donc tous acheté le dernier modèle de mini-thermos performant, en ayant pris grand soin de choisir des coloris différents et designs sympas, nous pouvons ainsi boire de l'eau chaude toute la journée n'importe où sur le campus, quel luxe !

2022, nouveau campus de l'Université du Liaoning, Shenyang

Je partage ma chambre universitaire avec 3 autres étudiants, nous vivons presque tous dans l'Université en fait, nous les boursiers qui venons de la campagne.

Mon quotidien est rythmé par les messages sur mon portable qui me réveillent, me notifient du début de mes cours, de l'heure butoir pour rendre le questionnaire en ligne sur mon état de santé et de l'heure de test Covid…. Les mégaphones grésillant du campus nous cassent les oreilles à scander à longueur de journée des messages de gestes barrières, d'hygiène et d'entre-aide communautaire pour éviter que l'épidémie ne se répande et nous oblige à un nouveau confinement strict.

Les différents pommeaux des deux douches communes du bâtiment de ma résidence universitaire ont été séparés par des panneaux depuis le début d'épidémie pour raison d'hygiène, nous avons donc un peu plus d'intimité mais ne pouvons plus déjouer le minuteur, 5 minutes de douche maximum. Notre portable nous indique notre heure de douche suivant notre emploi du temps universitaire, pour qu'il n'y ait pas de queue dans le couloir. La baignoire à la maison où je restais une demi-heure à me prélasser me parait être un vrai luxe maintenant !

En parlant d'eau, pour qu'il n'y ait plus la queue dans la salle d'eau potable de la résidence non plus, l'Université a ressorti ses vieux thermos cabossés au bouchon en liège moisi, des volontaires de la résidence les désinfectent, les remplissent et nous les posent devant les chambres tous les soirs. L'eau est déjà tiède le lendemain matin, mais bon, je remplis quand-même mon mini-thermos à la mode, acheté sur Taobao.

D'ailleurs, je me suis également achetée sur Taobao des produits Chanel, une serviette Lacoste et des claquettes Adidas, pour aller prendre la douche. Quel plaisir !

Le Thé

Selon la légende, c'est alors que l'empereur Shennong faisait bouillir de l'eau à l'abri d'un arbre pour s'en désaltérer qu'une légère brise détacha quelques feuilles d'une branche. Elles se mélangèrent à l'eau pour lui donner sa couleur et sa saveur si délicate. L'empereur y goûta, s'en délecta et en reprit.

C'est aussi autour d'une tasse de thé que notre groupe d'écriture se réunit, une fois par mois.

THÉ DANSANT

Daniel Gorans

Appelez-moi petit Wang. Mes clients me nomment ainsi. Vous me reconnaitrez facilement : je suis installé tous les matins à l'angle de la rue du Fleuve Jaune et de la rue du Dragon. C'est le meilleur endroit de la ville pour mon activité. J'arrive très tôt le matin, avant cinq heures pour installer mon matériel avant tous les autres. Je suis sûr ainsi d'avoir « ma » place. Je cale les roues de ma cantine ambulante, vérifie la réserve d'eau, allume le réchaud à gaz, sors les gobelets et le présentoir à thés. J'en ai surtout de trois sortes : le noir, le vert et le thé au jasmin. Je suis, inutile de le préciser, marchand ambulant de thé. Bien entendu, j'ai quelques thés plus rares pour les consommateurs raffinés : pu'er, thé blanc, thé bio des montagnes du sud, thé du puits du dragon… Ils sont plus chers mais servis sans cérémonie. Pour les moins argentés, j'offre même un gobelet d'eau brûlante. Pendant que mes voisines s'installent, je commence à crier pour attirer les chalands : « Tcha, hong tcha, lü tcha, hua tcha ».

J'aime bien Mei Hua, ma voisine de droite : elle vend des crêpes chaudes et des petits pains farcis. Nous avons presque le même âge. Quand nous en avons le temps nous discutons de tout et de rien. Je crois qu'elle n'est pas mariée mais je n'ose pas lui demander. Elle est très jolie et je rêve de pouvoir l'épouser un jour. En attendant, nous échangeons de bons procédés : mon thé (le meilleur pour elle) contre un petit pain farci, chaque fois qu'il fait trop froid ou trop faim. Notre voisine de droite n'est pas aimable. Elle nous adresse à peine la parole. Elle a au moins deux fois notre âge et vend des sucreries. Je crois qu'elle est un peu jalouse car Mei Hua et moi avons beaucoup plus de clients qu'elle. En particulier, les policiers du quartier aiment bien s'arrêter quelques minutes devant nos étals, boire un thé en mordant dans une crêpe chaude. Parfois, ils nous rappellent en riant qu'en principe nous n'avons pas le droit de nous installer là, mais qu'ils sont bien contents de nous y trouver.

Pour gagner un peu plus d'argent, le vendredi en fin d'après-midi, je vais m'installer dans un coin de la Place du Peuple. C'est très fréquenté. Il y a toutes sortes de groupes et de badauds. La place est immense et, dès que le soir tombe, c'est « son et lumière ». Arrivent des équipes de danseurs guidés par leur sono portative et leur maître de danse : danses de salon faisant concurrence aux rocks, slow et autres musiques « décadentes ». Certains d'entre eux sont habillés pour la circonstance, comme les adeptes du tango ou de la valse, costume cravate pour les hommes, robe du soir pour les femmes, tous très concentrés sur leur activité. Sous les arcades construites en bordure de la place des chanteurs d'opéra traditionnel ou de variété souvent accompagnés de modestes orchestres. Plus loin, les amateurs de percussions, de jeunes adeptes de rap acrobatique, quelques calligraphes armés de seaux d'eau et d'immenses pinceaux, des farandoles avec foulard... Viennent aussi les parents et parfois les grand parents, accompagnés de jeunes enfants émerveillés par les spectacles. Mon stand a du succès, même lorsqu'il fait chaud car je propose aussi du thé glacé. Les façades des bâtiments et autres immeubles tout autour brillent de leurs slogans lumineux multicolores et animés.

Je m'installe au plus près de l'endroit où Mei Hua aime venir danser. Elle adore le cha cha cha. Je l'admire se déhancher en rythme et suis un peu jaloux du leader qui la choisit souvent comme cavalière. Je suis trop timide pour oser les rejoindre mais n'ai d'yeux que pour elle. De toute façon, je ne sais pas danser et suis plutôt du genre maladroit. Lorsqu'elle m'en parle, le lendemain matin, elle insiste sur le plaisir à savoir bouger son corps en rythme et dit être persuadée que j'y parviendrai facilement. Elle appuie son propos d'un clin d'œil. Je rougis et suis obligé de cacher le plus possible mon visage, le nez dans mon gobelet de thé.

Je me suis mis à rêver : elle est tout de même parvenue à m'arracher la promesse d'essayer la prochaine fois. J'ai accepté à la condition qu'elle soit ma cavalière. Elle a ri. Elle a apporté son transistor le jour suivant pour me faire écouter en boucle des airs de cha cha cha. Lorsque nous n'avions de client ni l'un ni l'autre, elle me montrait les pas à effectuer et m'invitait à essayer de l'imiter. J'avais l'impression que les passants se moquaient de moi. Pourtant nous avons vendu davantage que d'habitude, moi du thé, même les plus chers, elle les crêpes et les petits pains farcis. Le vendredi suivant, après avoir rangé ma cantine, habillé avec le maximum de soin, j'ai pris le bus jusqu'à l'arrêt desservant la Place du Peuple. Mei Hua m'y attendait. Elle m'a pris par la main. Mon cœur battait la chamade. Elle m'a présenté au leader du groupe qui m'a toisé sans un mot de bienvenue. La musique mise en route, les couples formés, moi avec Mei Hua bien entendu. Tout mon courage a été nécessaire pour que je m'y mette. Il n'a pas fallu longtemps pour que j'y arrive, à mon plus grand étonnement. Mei Hua et moi formions la paire idéale et d'autres danseurs se sont interrompu pour faire cercle autour de nous et scander au bon moment « cha cha cha ». Nous riions de plaisir. Essoufflés, nous nous sommes arrêtés lorsque la musique s'est tue. Le leader est venu nous féliciter. Mei Hua m'a invité à venir boire un thé chez elle…

« Et alors, tu me sers mon thé ou non ? ». Sorti en sursaut de ma rêverie, j'entends éternuer tout autour de moi et me joins aux autres : « Cha… ! Cha… ! Cha… ! Toute la rue s'y met. Une nouvelle épidémie de « mauvais rhume » vient de débuter.

RENCONTRE AVEC UN MAITRE DE THÉ

François Petit

Les yeux du jeune homme faisaient des allers-retours entre l'affichette à la porte de la maison de thé et l'adresse griffonnée sur le bout de papier qu'il tenait serré dans sa main. Quand il fut sûr qu'elles correspondaient, il frappa. Comme personne ne venait, il entra.

Une voix appela de derrière le jeune homme : « Qui cherchez-vous ? »

Il se redressa et se retourna brusquement. « Maître Kong ! » dit-il.

Un vieil homme à la barbe grisonnante se tenait parmi les tables. Son regard était vif et plein de vie. Il portait une robe de soie jaune. Il y avait quelque chose de profond et de digne dans ses manières.

« Maître Kong » dit le jeune homme. « C'est bien vous, n'est-ce pas ? »

Le vieil homme confirma son nom de famille mais pas son titre.

Le jeune homme ne pouvait pas contenir son excitation. « J'ai passé des mois à vous chercher », dit-il. « J'ai parcouru beaucoup de villages, fouillant chaque ruelle. » Même après que quelqu'un lui avait dit que ce qu'il cherchait pourrait être si proche, la maison de thé n'avait pas été facile à trouver. Enfin, enfin, il se tenait face à Maître Kong, le plus grand maître de wushu, dont il espérait jusqu'à présent qu'il fût bien un homme de chair et d'os et non un mythe.

Le vieil homme lui dit simplement : « Tu as connu des moments difficiles. Prends une tasse de thé ».

Ils s'assirent ensemble. La table n'était pas particulièrement ornée, mais la patine du bois révélait son âge. Le décor était simple, de style classique. Sur la planche de bois se trouvait une rangée de petites tasses blanches émaillées, de plus grandes en porcelaine et une théière en argile de Yixing. Une bouilloire en fonte chauffait sur le foyer à charbon de bois au coin de la table. Des gouttes d'eau jaillissaient du bord de son couvercle et ruisselaient le long du motif de dragon moulé dans la paroi, si bien qu'on aurait dit qu'elle transpirait à cause de la chaleur.

Maître Kong souleva la bouilloire, tenant l'anse avec un chiffon. Il la posa sur un coussin à côté du service.

« L'eau doit refroidir un peu » dit-il. « Elle ne doit pas être bouillante. Si elle est trop chaude, les feuilles ne s'épanouiront pas. Elles ne livreront pas tous leurs parfums ».

Le jeune homme n'avait jamais considéré que faire du thé fût une tâche qui demanda beaucoup d'habileté. C'était bien plus compliqué qu'il ne l'avait jamais imaginé.

« Maître Kong », dit le jeune homme, « Voilà, comment dire... je veux être votre disciple ! ».

Maître Kong l'ignora. Il mit un couvercle sur la tasse en porcelaine et filtra l'eau à travers elle, la jetant sur le sol.

Le jeune homme pensa qu'il avait offensé le grand maître. « Que faites-vous ? » demanda-t-il.

« Je lave le thé », répondit Maître Kong.

« En grandissant, les feuilles de thé sont secouées par le vent et la pluie », ajouta-t-il. « Elles recueillent la poussière du monde qui les entoure. Elles doivent être lavées ».

Le jeune homme acquiesça, se maudissant silencieusement d'avoir révélé son ignorance.

Maître Kong versa davantage d'eau dans la tasse, remit le couvercle en place et laissa infuser. Au bout d'un moment, le vieil homme prit la grande tasse, l'inclina légèrement et envoya le thé en cascade dans le petit récipient, à travers la passoire.

« Tout ce que tu dois faire, c'est boire du thé », dit Maître Kong, « trois fois par jour, pendant toutes les années qui te restent à vivre ».

« Bien » dit le jeune homme, sans vraiment comprendre.

Le jeune homme s'était penché en avant, les coudes en équilibre sur ses genoux, ses épaules affaissées. Rapidement, il se reprit et se redressa. Il avait encore du mal à contenir son excitation. Il ressentait toute la puissance et l'habileté contenues du maître. Il désirait intensément suivre la voie du wushu avec lui. Mais tout revenait sans cesse au thé. Le jeune homme essayait de faire le lien. Il tâcha de calmer ses pensées et de se concentrer. « Maître Kong a sûrement choisi le thé comme métaphore pour ses enseignements, je dois tout faire pour le comprendre ». Pendant ce temps, Maître Kong avait fini de préparer le thé. Il poussa une petite tasse vers le jeune homme. « S'il te plaît », dit doucement le vieil homme en faisant un geste vers la tasse.

La saveur était subtile mais impressionnante. « Comment est-ce ? » demanda Maître Kong. Ne sachant exprimer clairement son ressenti, le jeune homme bafouilla « bon, très bon ».

Ce fut son premier pas sur la Voie du Thé.

HANTÉ PAR LE VIN

Bernard Conseil

Aujourd'hui est un jour de fête, Hui-Ying accueille sa sœur cadette Maineï qu'elle n'a pas vue depuis la fermeture des frontières début 2020.

Hui-Ying habite avec son mari Pierre dans la campagne proche de Libourne non loin des vignes dans un mas baptisé "Le pavillon rouge", un endroit de rêve avec vue sur la Dordogne. Entourée des vignobles de Saint-Émilion, Pomerol et Fronsac, Libourne est mondialement réputée pour ses vins.

Quant à Maineï et son mari Chang, ils habitent à 10 000 km de là, dans le Yunnan sur la rive du Mékong, près de Pu'er. Cette ville est aussi mondialement connue, mais pour son thé. Le Yunnan est aussi une région viticole, certains crus sont très réputés. C'est ainsi que parmi les cadeaux ramenés de Chine, figurent une galette de thé fermenté de Pu'er, ainsi qu'une bouteille du domaine viticole d'Ao Yun sur les contreforts de l'Himalaya.

Pour ce qui est de Libourne et Pu'er, grâce à leurs prestigieux patrimoines construits sur un terroir et avec un savoir-faire ancestral, elles ont conclu un échange culturel et économique autour de leurs richesses respectives : le thé et le vin. Depuis leur jumelage en 2012 jusqu'au début du confinement, il y a eu de nombreux échanges de délégations. C'est lors de l'un d'eux que Pierre et Hui-Ying se sont rencontrés, puis se sont installés à Libourne, ville natale de Pierre.

En ce midi de février 2023, ils partagent des plats traditionnels du Yunnan dont les "nouilles de riz qui traversent le pont". Puis après une dernière tasse de thé, ils entreprennent tous les quatre une randonnée au milieu des vignes sur le côteau. À leur invitation, des voisins viticulteurs se joignent à eux.

Cette promenade est l'occasion d'échanges comparant les caractéristiques culturelles de la France et celles de la Chine, dont l'importance du vin pour l'une et du thé pour l'autre. Même si l'alcool les sépare radicalement, le vin et le thé empruntent des trajectoires semblables, du terroir aux rites de dégustation, en passant par leur élaboration. Ces deux boissons millénaires représentent l'art de vivre et la convivialité.

Cette marche au milieu des vignes, est aussi pour une des voisines du couple franco-chinois la possibilité de poser des questions plus précises :

- Hui-Ying, pourrais-tu m'expliquer ce qu'est le thé rouge. Je connais le vert et le noir. Est-ce que ça ressemblerait à du rooibos ?
- Non pas du tout, le rooibos est une plante sans théine originaire d'Afrique du Sud. Le thé rouge est en fait du thé noir fermenté. En Chine, il tient son nom à la couleur de son liquide lorsqu'il infuse.

Le froid devient plus mordant, même si le soleil brille. Il commence à décliner, c'est l'heure de rentrer et d'envisager une boisson chaude. Hui-Ying propose alors à Pierre de s'en occuper, il sait faire. Toutefois, elle estime nécessaire de lui faire quelques rappels :

- Pierre, tu prendras du rouge du Yunnan, surtout ne le fait pas bouillir et respecte bien la durée d'infusion.

Pendant qu'il officie dans la cuisine, elle dispose le service à thé sur la table basse du salon. Il s'agit de tasses en très fine porcelaine, sur lesquelles les derniers rayons du soleil éclairent un décor mêlant un dragon avec des pivoines. C'est un cadeau que lui a fait sa grand-mère quand elle a quitté la Chine pour la France. Hui-Ying a alors une pensée pour celle qui vient juste de mourir du Covid.

C'est à ce moment que, depuis la cuisine, sur un ton un peu angoissé, Pierre interroge son épouse :

- Dis Hui-Ying, il n'y a plus de sucre dans le placard !
- Regarde donc dans la réserve du cagibi, lui répondit-elle sans sourciller.

Mais, Maineï sa sœur, qui progresse en français, s'étonne que Pierre ait besoin de sucre pour faire du thé rouge.

- Ne t'inquiète pas, c'est pour lui. Il a quelques ascendances du Maghreb et le sucre lui rappelle le thé à la menthe de sa grand-mère à Rabat.

Enfin Pierre apparait à la porte du salon tenant un plateau chargé de mugs disparates aux couleurs vives entourant une carafe fumante au contenu rouge foncé et dans laquelle flottent des rondelles de couleur jaune et orange. Tout le monde est surpris et le silence se fait dans l'assistance. Sa belle-sœur Maineï, soucieuse d'y mettre un terme, lui dit avec un sourire :

- Merci Pierre pour ton bon thé.

Et lui, soucieux de ses progrès en français, en pensant à une faute d'accord, lui répond :

- On dit : ta bonté, c'est un mot féminin.

Puis, il enchaîne :

- De toute façon, ça n'a pas été une mission trop lourde à effectuer. Ce n'est qu'un simple vin chaud, certes avec du rouge du Yunnan, un délicieux vin de chez toi.

HERBE FOLLE

Aude Hazard

Je vis entourée de buveurs de thé depuis ma plus tendre enfance. Mon entourage ne jure que par ce breuvage, c'est une vraie religion familiale. Du matin au soir, du soir au matin, il y en a pour tous les goûts dans le siheyuan où j'habite au cœur de Beijing. Du thé oui ! Mais à chacun sa préférence !

Prenons pour exemple le thé du matin.

Mama est originaire de Hangzhou, la capitale du Longjing, ce thé vert raffiné et connu dans toute la Chine. Il faut dire que ce thé lui rappelle son enfance, ma mamie travaillait dans les collines de thé à l'époque et la famille ne buvait que de ça tout au long des journées pénibles de labeur… Tous les matins, maman fait bouillir son eau à bonne température puis, religieusement, prend sa boîte hermétique contenant de petites feuilles vertes séchées et choisit sa théière dans le vaisselier à thé, y dépose délicatement une dizaine de feuilles et y verse l'eau frémissante. Une senteur florale se dégage instantanément de la théière et envahit la cuisine. Délicatement, elle le verse dans une tasse haute et hume la douce odeur, observe sa couleur de jade, avant de boire à petite gorgées ce breuvage tant désiré. Pour elle, la journée peut commencer.

Baba, lui, aime le thé fort, celui qui réveille le matin. Son péché mignon : le thé noir très infusé à l'odeur et au goût amer. 2e arrivé en cuisine, il prend le reste d'eau frémissante de maman et remplit un bol d'eau bouillante. Il y jette d'un coup sec une poignée de thé noir, et s'assied devant son bol pour humer l'odeur de plus en plus forte, observer la couleur de plus en plus brune, avant de boire à grosses gorgées ce breuvage tant désiré. Pour lui aussi, la journée peut commencer.

Yeye et Nainai (papy et mamie) habitent avec nous dans la cour carrée. Et évidemment eux aussi ne commencent pas la journée sans thé. A la retraite tous les deux, ils cultivent l'art de boire du thé de façon différente.

Nainai aime le thé fermenté fumé, le Pu'er. Après un rapide passage en cuisine pour prendre de l'eau potable à la bombonne, elle repart aussitôt à petits pas vers la pièce principale du Siheyuan où elle a installé son service à thé. Assise devant un ensemble de petits ustensiles, mini-tasses, mini-théières en terre cuite ou en porcelaine installés sur une table de cérémonie, elle commence par remplir deux bouilloires, l'une basique l'autre spéciale pour maintenir la température exacte qu'il lui faudra pour infuser son thé. S'en suit un cérémonial silencieux proche de la méditation où seul l'eau frémissante et le cliquetis des ustensiles qu'elles manipule se font entendre. Après avoir stérilisé tous les ustensiles à l'eau bouillante, elle se lève doucement et va choisir dans l'armoire à thés le Pu'er du jour. Elle le hume, l'observe, le trie puis commence la cérémonie, l'eau à température exacte de la deuxième bouilloire ouvrira délicatement les feuilles compressées au fur et à mesure de ses trois infusions. Se dégage alors une odeur de sous-bois, de champignon, de fumé. Une odeur qui, au fur et à mesure des années, a imprégné meubles, tissus et tapisseries murales de la pièce principale. Ainsi, après une heure de méditation fumée, la journée de mamie peut commencer.

Yeye lui, est loin de tout ce cérémonial, qu'il appelle chichi pour taquiner Nainai. Il est artiste calligraphe et peintre traditionnel, il dit percevoir l'immensité de l'univers dans une simple verre de thé. Ce qu'il aime simplement, lui, c'est de mettre délicatement deux-trois feuilles au fond d'un verre haut transparent, d'y verser doucement l'eau frémissante et de rester là, à observer les volutes de vapeur et la danse des feuilles dans le tourbillon de l'eau. Même lorsque l'eau semble stagner, la feuille continue de s'épanouir et d'onduler, de répandre imperceptiblement sa couleur et son goût, elle vit et reprend de l'énergie à chaque gorgée. Son odeur légère s'enroule délicatement autour de Yeye, la feuille l'invite à la danse. Ainsi, après une heure de méditation douce, la journée de Yeye peut commencer.

Plus tard dans la journée, chacun aura sa préférence. Mama restera fidèle à son thé vert de Longjing, Baba se fera un petit plaisir au thé blanc dans la journée, Nainai alternera son cérémonial méditatif entre Pu'er et Oolong, Yeye lui échangera ses trois feuilles de thé contre trois fleurs de rose ou de jasmin pour les contempler s'épanouir dans son verre transparent et danser, danser…

Me concernant, Yeye me surnomme « herbe folle », du nom d'un style de calligraphie chinoise très libéré des règles ancestrales traditionnelles. Malgré une famille religieusement attachée à cet art du thé, le mélange quotidien de ses effluves dans le siheyuan m'a définitivement écœuré, je ne peux pas en boire une goutte, je suis une herbe folle a-thé.

La femme

En pleine confusion des genres, il est apparu indispensable de réunir quelques textes, un certain huit mars, en hommage à toutes celles qui sont « la moitié du ciel » selon Mao Zedong.

Sources inépuisables de vie, de courage, d'amour ou de haine, les femmes continuent d'inspirer toutes les formes d'art. L'écriture y tient une belle place. Les micronouvelles tentent à leur tour d'apporter leur micro contribution.

PETITS PIEDS

Yveline Canal

Je suis une fille, une très petite fille, dans certains pays, on dit, de très petite taille. En Chine, on dit inutile. Mes parents n'ont eu d'autre choix que de me confier à un organisme d'adoption, c'était déjà mieux que la noyade, comme au siècle dernier. A l'orphelinat, il y avait beaucoup de bébés filles, mais c'est moi que les Américains ont choisie. Il est vrai que les autorités facilitent l'adoption des enfants différents, handicapés ou malades ! Je serais restée dans ce pays, le mieux que je pouvais attendre de la vie, c'était une roulotte de cirque où on m'aurait exhibée comme un animal !

Aux Etats-Unis, je n'ai pas eu ces problèmes d'intégration, mes nouveaux parents ont de l'argent, çà aide ! Ma scolarité a été exemplaire, j'excellais en mathématiques et langues étrangères. Major de ma promotion, je terminais mon cursus universitaire avec plusieurs diplômes de gestion. Ma famille était très fière de ma réussite. Je commençais à intégrer la société de mon père et je lui conseillais, après un voyage en Asie du sud-est, d'investir dans le tourisme, en Chine. La diversité et la quantité de sites à visiter, l'incitèrent à se renseigner sur les possibilités d'installer une branche de son entreprise. Ce qui l'inquiétait, c'était le gouvernement chinois. Je lui démontrais que la stabilité du régime était un gage pour la croissance économique. Au pire il y aurait toujours ces millions de Chinois qui rêvent de voyages et de nouveaux paysages.

Mon père commença par acheter plusieurs maisons dans des villages isolés où vivaient des minorités ethniques. Il me chargea de transformer ses acquisitions en hôtels pouvant accueillir des étrangers désireux de trouver dépaysement, authenticité, mais aussi confort dans ces contrées lointaines.

Afin d'accomplir ma tâche, je m'entourais d'entrepreneurs locaux capables de transformer en respectant à la fois les traditions de construction et la beauté de l'environnement. Je me réservais la décoration intérieure en y intégrant, meubles et objets que je glanais sur les marchés et chez les brocanteurs. Peintures, soies et brocarts, sculptures sur bois et sur pierre, chaque objet avait une vocation pédagogique pour expliquer aux voyageurs la richesse culturelle de la Chine.

Je posais mes bagages dans un de mes hôtels au bord de la rivière Li. Et bien que ce pays m'ait rejetée dès ma naissance, je décidais d'en faire ma résidence principale. Pour gérer l'établissement, j'avais envie de m'entourer de ma « vraie » famille. Après quelques recherches à l'orphelinat où j'avais été placée, je retrouvais mes parents, un frère, et quelques cousins. La surprise et l'incompréhension, quand ils me virent, concurrençaient leur gêne et leur honte.

Je ne leur en voulais pas, je leur proposais un travail, un bon salaire et même un hébergement.

Maintenant je suis là, derrière mon comptoir, dans cet hôtel au bord de la rivière Li, luxueux sans ostentation, authentique, tant dans l'hébergement que dans la restauration. Je suis devenue la femme la plus riche de la province, je suis respectée et même admirée.

71

Mon frère et mes parents ne voient plus en moi, la petite femme, mais le chef d'entreprise qui assure salaire et bien-être à ses employés, bonheur à ses parents.

Après m'être mariée, je suis retournée à l'orphelinat pour adopter deux filles et un garçon. Les papiers sont entre les mains des autorités locales, l'adoption plénière est en bonne voie. Bientôt l'hôtel retentira de cris d'enfants.

Mes employés, entre eux, m'appellent « l'impératrice ». Mon mari dit en riant qu'ils n'ont pas tort, j'ai au moins deux points communs avec l'impératrice Cixi : l'autorité et les petits pieds ! Il me fait rire, il ne sait pas à quel point je suis unique, je ne ressemble à personne : Cixi n'a jamais eu les pieds bandés ! Donc elle n'avait pas des pieds aussi petits que les miens !

UNIS-VERS-CELLES - *Pax Femina*

Christian Siguié

La taïkonaute Wang Yaping arbora un sourire détendu, en montant à bord du *XinYiDai II*. Rejoindre la station spatiale **CSS** était devenu pour elle une mission de routine, sinon un jeu d'enfants. De 400 km d'altitude, à la manière d'une simple fronde, elle orbiterait deux semaines autour de la Terre, puis serait propulsée vers la face cachée de la Lune à bord de la navette modulaire intégrée. Wang Yaping écoutait donc religieusement son troisième compte à rebours, suivi de cette poussée vertigineuse qui dopait instantanément son adrénaline, jusqu'à la parfaite stabilisation de son vaisseau spatial. Tout au long de cette propulsion, la Terre s'était réduite en silence à la taille d'un ballon de la *Jia League*, au loin derrière son hublot.

Ses deux coéquipiers Yue Fei et Han Xing avaient eux aussi fréquenté l'école de la **PLAAF Aviation University**, où Wang Yaping s'était distinguée par sa maîtrise de la physique quantique et nucléaire. C'était peu après les trois années qu'ils avaient passées à l'Académie Militaire de Baoding. Camarades de promotion, ils avaient aussi fait ensemble l'apprentissage des bivouacs et des armes dans les conditions de survie les plus spartiates qui leur étaient alors imposées sous le cagnard du lac salé de *Jilantai* ou dans la neige hivernale des hauteurs de *Chuangdan*... Certes leur option « Espace et Nouveaux

73

Territoires » les avait mis tout ce temps à l'abri des conflits ouverts et autres rixes larvées qui s'étaient multipliées ces dernières années sur les continents africain et sud-américain. Ce grand saut au-delà des nuages supposait aussi une bonne dose de courage et d'abnégation. Wang Yaping préféra cependant relire la carte de vœux qui lui avait été adressée par deux jeunes écoliers d'une même famille de Nanning. Ce garçon de cinq ans se passionnait déjà pour les bases de vie extraterrestres, qu'il reproduisait au $1/40^e$ à l'aide d'une imprimante 3D qu'il avait programmée lui-même. Un rêve échafaudé avec application, jusqu'au coup de pied magistral infligé par sa sœur le jour-même de son deuxième anniversaire. Wang Yaping eut un mauvais pressentiment à la lecture de ce désastre infantile, qui coïncidait avec les ordres qu'elle devait à présent donner à son équipage : installation en ordre serré dans la capsule d'évacuation, oxygénation, étanchéité, désolidarisation du *XinYiDai*, avant que le module n'entame sa descente vers le grand satellite naturel. Le site d'alunissage se trouvait à 15 Li du cratère Von Kármán, tout proche du Pôle Sud de la face cachée de la Lune. Il était de fait accepté que la face visible soit désormais exclusivement réservée à l'Alliance Transatlantique, depuis la triste bataille de Matsu au nord de Taiwan. Wang Yaping fit déclencher par Yue Fei et Han Xing les rétrofusées qui compensèrent peu à peu la gravité de l'astre, dont ils se rapprochaient à moins de 150 m/s désormais. Le tracé luminosphérique de la base d'accueil se profilait de plus en plus nettement tandis que la capsule passait en mode antigravitationnel, pilotée désormais depuis la base à laquelle elle s'arrimerait bientôt.

Dans la nuit lunaire, ce ballet semblait parfaitement orchestré, à un détail près : Wang Yaping releva sur le tableau de bord l'affichage d'indicateurs en anglais, qu'elle mit sur le compte d'une technologie importée ou copiée. Avec son équipage, elle s'aperçut alors que les équipes et les véhicules affectés à leur recueil manquaient à l'appel. La station de contrôle était muette et l'équipe de Wang Yaping ne comprit que trop tard la nature de l'embuscade qui leur était tendue : une première, dans l'Espace !

À l'arrêt des moteurs, des véhicules de la face visible se rapprochèrent et des voix intimèrent aux habitants du module, de descendre sans résistance... dans un mandarin emprunté. Quelques humains accompagnés d'une flottille d'androïdes armés se montraient suffisamment dissuasifs. Marchant devant ses deux acolytes, Wang Yaping fut conduite sans un mot au sous-sol de la base, où elle retrouva enfin des compatriotes. De longues minutes, elle les crut prisonniers mais le microphone intégré à sa combinaison lui permit d'entendre les voix des siens. Du cratère Von Kármán elle pouvait entendre à présent les exclamations et quelques rires de ses compatriotes et résidents de la Lune, confiés à eux-mêmes.

Sa délégation fut escortée au quartier général *Asia*, dont la générale Rose avait pris le contrôle quelques heures plus tôt. Wang Yaping s'étonnait : les ouvriers de la base chinoise ne semblaient avoir nullement souffert : leurs matériels avaient juste été soigneusement rangés et un drapeau mixte d'étoiles symboliquement hissé au centre de ce camp multinational improvisé.

Elle gravit encore les trois marches monumentales du podium central où elle fut conduite isolée. Son homologue l'attendait et la reçut enfin, dans ces termes : « *Nin Hao*. Comme vous le savez, nos gouvernants respectifs s'écharpent en ce moment même pour le contrôle des peuples, des matériaux et de toutes denrées sur Terre. L'âge et la virilité extraordinaires de nos dirigeants les rendent sourds aux potentiels d'une conquête spatiale que vous et moi, femmes et mères, voudrions plus pacifique, n'est-ce-pas ? Alors, êtes-vous des nôtres ? » Wang Yaping réfléchit, repensa aux deux écoliers de Nanning et cita le proverbe que lui dictait son intuition : « L'homme savant bâtit les cités, la femme savante les renverse » et ajouta dans un sourire aussi élégant qu'entendu : « dans ce cas, vous nous réserverez la conquête de Vénus ? ».

SHANGHAI MAMA
« Quand est-ce que tu nous trouves un petit ami ? »

Aude Hazard

Fraîchement diplômée d'un Benke, le bac +4 chinois, je viens de rentrer à la maison après 4 années à l'Université, et... ça fait 4 années que j'entends la même ritournelle, 4 années que Mama me martèle cette question à longueur de temps. Elle a peur, je peux la comprendre, je vais sur mes 23 ans et suis toujours célibataire, il aurait été de mon devoir de dégoter un étudiant chinois pendant mes études. Mama se lamente : « Pas étonnant que tu sois encore célibataire ! Avec tes résultats au Gaokao, tu n'as pu intégrer qu'un cursus d'études en langues étrangères, et qui étudie les langues étrangères ? les filles ! pas assez de garçons autour de toi ces 4 dernières années ! Ahhh si tu avais mieux réussi ton gaokao, tu aurais pu intégrer une filière scientifique, être auprès des garçons les plus brillants du pays ! Ahhh ta pauvre Mama qui s'est pliée en quatre pour tes études ! Voilà la récompense, une fille unique célibataire de 23 ans, mais que vas-tu devenir ? Que vont dire la famille et les voisins ? » Ses lamentations continuent encore et encore, sans fin. Elle n'a pas tort, lors de mes études en langues étrangères, de nature réservée, je n'ai pas osé approcher les quelques garçons noyés sous l'océan de jeunes filles qui les entouraient, les convoitaient,

77

dans ces amphis de fac surbondés. Ils ne m'ont même pas vue ces quatre dernières années.

Je quitte l'université bredouille, mais au moins j'ai le mérite d'avoir bien étudié, j'ai pu obtenir une bourse pour partir à l'étranger faire un Master, et qui sait ? les Étrangers me regarderont peut-être un peu plus ? Mama ne voit pas ça d'un bon œil, voir sa fille avec un « nez long » ne lui plairait guère, elle préfèrerait que je ramène à la maison un Chinois, pourquoi pas un étudiant comme moi, en échange à l'étranger, qui rentrerait sagement en France une fois le Master en poche. Et plutôt un Shanghaïen, de bonne famille, sachant cuisiner chinois, vivant pas trop loin de la maison.... Mama m'a déjà fait rencontrer un ou deux fils de voisins, mais j'ai toujours pris la tangente, je déteste les coups arrangés.

« Quand est-ce que tu nous trouves un petit ami ? »

À peine arrivée à l'étranger, installée dans ma minuscule chambre étudiante, maman m'appelle déjà sur Wechat en m'implorant de regarder autour de moi s'il n'y a pas de petit Shanghaïen sympa qui traine dans les couloirs ou à la cantine universitaire. Je vais contacter la ligue des étudiants chinois de mon université, qui sait ?

« Quand est-ce que tu nous trouves un petit ami ? »

Ça fait un an que je suis arrivée, et…. Toujours pas de petit ami, encore moins chinois. Mama m'appelle toutes les semaines pour me demander l'avancée de mes investigations amoureuses, et se lamente sur Wechat le reste du temps de notre conversation, à partir du moment où je lui réponds encore cette fois par la négative…Elle a peur, je peux la comprendre, si je rentre en Chine bredouille, j'appartiendrai à la catégorie des vieilles filles intello, situation sociale où il me sera quasi impossible de trouver un conjoint, que deviendrai-je ? Que diront les voisins ?

Bon à vrai dire, ce n'est pas tout à fait vrai, j'ai un rendez-vous galant demain soir, un garçon rencontré sur une application de rencontre, il me fait rire et semble gentil - physique plutôt banal mais avec grand et beau nez grec. Petit bémol, il ne parle ni ne cuisine chinois…. Je garde ça secret pour l'instant, si ça devient sérieux j'en parlerai à Mama, je l'imagine déjà sauter de joie puis prendre une douche froide en apprenant que l'heureux élu est un « nez long », j'en tremble déjà.

« Quand est-ce que tu nous trouves un petit ami ? »

J'ai tout lâché à maman, elle a frisé l'hystérie puis la crise cardiaque. Cela fait bientôt un an que je suis avec mon « nez long », et sa pression hebdomadaire a eu raison de mes nerfs et de ma patience. J'ai donc répondu un timide : « trouvé » et s'en est suivi un silence aussi long que la muraille de Chine. Comme on dit ici, je lui ai coupé la chique. Là où les affaires se sont gâtées, c'est quand elle a retrouvé un semblant de voix pour demander, tremblante, si c'était bien un étudiant shanghaïen. « Non Mama, il s'appelle George ». Son sang n'a fait qu'un tour, elle m'a raccroché au nez aussi sec, j'ai eu des vacances téléphoniques pendant 1 mois, j'ai cru qu'enfin elle me laisserait tranquille avec ses lamentations, victoire !

« Quand est-ce que vous vous mariez ? »

George et moi avons emménagé ensemble en début d'année. Mama le voit toutes les semaines sur Wechat, mais la communication se résume à des sourires et des « coucou » de la main, George ne parlant pas un mot de chinois, et maman ne parlant que le mandarin et le shanghaïen. Mama lui demande chaque semaine s'il va prendre des cours de chinois, et me demande ensuite comment il est possible de vivre avec quelqu'un qui ne parle pas chinois, pis encore le shanghaïen. Je crois que ça la dépasse. Sa troisième question hebdomadaire concerne notre union, il est inconcevable en Chine de vivre sous le même toit sans être uni par le mariage, c'est blasphème et Mama se lamente chaque semaine de la situation pendant des heures, que vont dire les voisins ?

Il est vrai que Mama a eu une vie plutôt linéaire : elle a rencontré papa dans son unité de travail par l'intermédiaire du chef de l'unité. Très rapidement on les a mariés, puis avec l'ouverture de la Chine dans les années 80, ils ont pu vivre ensemble dans un petit appartement de l'unité de travail, j'ai vu le jour 9 mois après l'emménagement, papa s'en est allé quelques années plus tard et depuis rien n'a bougé, Mama s'est concentré sur moi et mes études. La nouvelle génération, les voyages à l'étranger, fricoter avec un « nez long », vivre en concubinage, ça la dépasse.

Bon, nous nous sommes finalement mariés, elle nous a eu à l'usure. Je le sais, George m'a demandé la main en partie parce qu'il sentait bien que la pression devenait insupportable avec Mama. Depuis sa retraite il y a quelques semaines, elle passe son temps sur Wechat à se lamenter de la situation tout le temps, devant mon désarroi George a cédé. S'en sont suivi un mariage en grandes pompes à Shanghai, où même les voisins que je ne connais pas étaient invités – Mama était si fière, si resplendissante ! - Puis une très longue procédure pour faire venir Mama participer au mariage ici, elle est finalement restée 3 mois, rien ne la retient plus vraiment là-bas, je suis sa fille unique.

Pendant ces 3 mois, maman a été charmante et s'est occupée de tout dans la maison. Elle trouve que George n'est finalement pas si mal comme gendre, même s'il ne parle toujours pas shanghaïen ni ne cuisine chinois. Elle en a profité pour lui apprendre des mots de survie et quelques bons petits plats locaux, ça les a rapprochés. Plus de lamentations, victoire !

Mama est rentrée en Chine hier, je lui ai demandé de me prévenir quand elle sera arrivée chez elle. Je viens de recevoir son message sur Wechat, me disant : « Bien arrivée ! Alors, enceinte ? ».

LETTRE À LA BELLE INCONNUE
DE LA GARE CENTRALE

Daniel Gorans

Belle inconnue, tu es désormais familière de mes rêveries. J'ai espoir que tu te souviennes. Je suis envahi par ton portrait, si beau, si énigmatique et déjà si lointain.

Assis sur l'un des fauteuils métalliques alignés en rangs serrés dans le gigantesque hall de la gare centrale, j'attends sagement. Les hauts parleurs grésillent et diffusent la voix monocorde qui annonce les départs proches. Le brouhaha des conversations alentours s'y ajoute et forme une brume sonore autour de moi. Il y a un monde fou, c'est le début des congés pour la nouvelle année. Il fait froid. Je remonte le col de mon manteau. J'ai l'impression d'être dévisagé. Certes, il n'y a que très peu d'étrangers dans la gare aujourd'hui.

D'un coup, je te découvre. Tu es assise sur la rangée d'en face. Tes grands yeux en amande, sombres et pailletés de reflets émeraude, semblent me regarder. Tu tiens un livre ouvert à la main. Tu viens sans doute de renoncer un temps à sa lecture, pour réfléchir ? pour m'observer ? Je suis comme hypnotisé. Nous ne nous détournons ni l'un, ni l'autre. Tes traits enchanteurs me troublent. Leur beauté naturelle n'est rehaussée d'aucun maquillage. Cheveux courts aile de corbeau, front dégagé, un peu bombé, sourcils à l'arc délicat, nez parfait entre deux pommettes bien marquées, lèvres sensuelles où je remarque l'ébauche d'un sourire. Me connais-tu ? Je souris aussi. Tout ton visage exprime gentillesse et bienveillance chaleureuse. Tu es beaucoup plus que jolie. Tu as une beauté rayonnante. J'hésite à t'adresser la parole, trop peu assuré de maîtriser assez le mandarin. Le temps est comme suspendu, les secondes figées entre nos deux regards. D'un coup tu te lèves, attrapes une valise devant toi, me fais un signe de la main. Tu te frayes avec agilité un chemin dans l'allée encombrée de mille bagages, cartons et autres sacs boursouflés. Debout, tu es encore plus grâcieuse : enveloppée de vêtements élégants (manteau et pantalon noirs, écharpe rouge, escarpins noirs) élancée, la démarche souple et assurée.

Je sors difficilement de ma fascination. J'aperçois ton livre, oublié à ta place. Je m'en saisis et tente en vain de comprendre qui l'a écrit et quel est son titre. Il me prend l'envie de te rattraper pour te le restituer. Je confie ma valise à mon ange gardien, celui qui m'accompagne pour qu'il ne m'arrive rien de fâcheux et que je ne me perde pas. Il hoche la tête pour me montrer qu'il a compris et désigne un panneau où s'affichent les numéros des trains, leur horaire et leur destination : il me reste peu de temps. Je bondis mais tu as disparu. Je pars dans la direction que tu as suivie. Trop de monde se déplace en tous sens. Tel tire un enfant récalcitrant par la main, tel autre pousse un chariot surchargé ou porte un carton gigantesque susceptible de craquer à tout moment. Je scrute dans toutes les directions, crois t'apercevoir, bouscule les uns et les autres, tente de courir. Je voudrais t'appeler, mais ne connais même pas ton nom. De plus, ma voix serait sans aucun doute couverte par le bruit assourdissant des annonces et des cris. Je finis par te distinguer, proche d'un portillon d'accès aux quais. Je redouble d'effort, sans autre effet que me faire insulter à cause de mes bousculades. Je suis intercepté par un policier chargé de maintenir un peu d'ordre dans les files d'attente. Il stoppe net ma course, crie sur un ton menaçant et brandit la perche destinée à bloquer par le cou les récalcitrants agressifs. Je te vois passer le portillon. J'agite ton livre devant le policier et te désigne, déjà trop loin. Il semble comprendre, trop tard. Le panneau lumineux sous lequel tu t'es engouffrée clignote. Je retiens la destination de ton train, marquée en pinyin : NANJING. Je rebrousse piteusement chemin vers le siège de mon ange gardien. Affalé à ses côtés, je lui montre le livre. Il tapote sur son téléphone puis me le tend. J'y lis : MO Yan : « Le maître a de plus en plus d'humour ». Il me dit en levant le pouce : « Hen hao de xiao shou » (très bon roman). Je secoue le livre, au cas où tu y aurais laissé une trace, un indice pour t'identifier. J'approche mon nez de la couverture à la recherche d'une improbable senteur parfumée. Rien. Alors je glisse le roman de MO Yan avec précaution dans mon sac de voyage.

Saches qu'une fois rentré j'en ai trouvé une traduction. M'en aidant, je m'efforce de comprendre l'édition en mandarin. J'y passe beaucoup de temps, presque tous les jours. L'image qui me reste de toi apparait souvent en surimpression sur tel ou tel idéogramme, comme pour m'encourager à continuer. MO Yan me plait. J'imagine qu'il te plait aussi. J'aimerais échanger avec toi à ce propos et sur tant d'autres sujets !

Alors depuis des mois, je poste cette lettre le plus souvent possible sur tous les réseaux sociaux dont j'imagine qu'ils sont accessibles en Chine, surtout WeChat et Weibo. En français, en anglais et en mandarin (je me suis fait aider pour la traduction). Avec le fol espoir qu'un jour, peut-être... Mon émotion de t'avoir croisé ne faiblit pas, toi la plus belle et plus mystérieuse femme du monde. Mon cœur s'emballe et une douleur exquise survient dès que je consulte mes messageries. Les déceptions se succèdent, sans me faire renoncer. Je suis prêt à partir te rejoindre sans délai pour peu d'y être invité. Réponds-moi, juste un signe... Signé : ton admirateur éperdu croisé à la gare centrale de J. le 15 février 2009.

Click. Deux heures du matin. Qui peut me contacter à cette heure ? l'espoir fou me pousse à ouvrir mon ordinateur. WeChat. Le temps de me connecter : message en anglais : I invite you to communicate (je vous invite à communiquer), X. Y. NANJING. Suis-je réveillé ? Ô ma belle chimère, mon rêve, mon illusion...

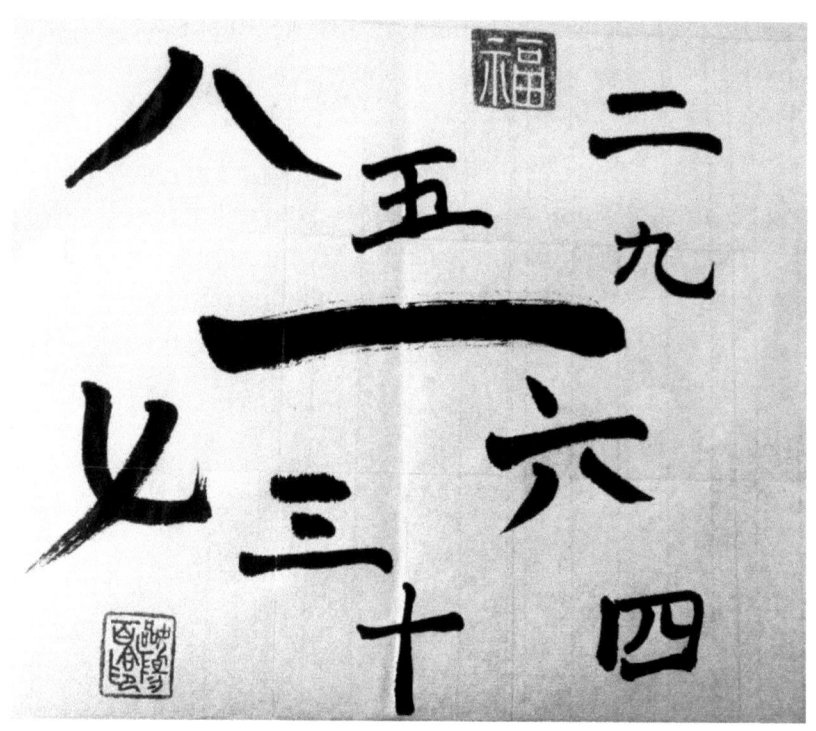

La ronde des nombres de 1 à 10

Des chiffres et des lettres

En Chine, la prononciation du chiffre « 8 » se rapproche étrangement du mot qui désigne la bonne fortune. C'est pourquoi, il est censé porter bonheur et que les Jeux Olympiques d'été ont été déclarés ouverts à Pékin le 8-8-2008 à 20h08 !

Il en va de même pour d'autres chiffres, dont le « 9 » pour lequel l'homophonique signifie « longévité », comme le nombre de nouvelles retenus pour ce recueil.

À l'inverse, le chiffre « 4 » se prononce comme le mot « mort ». C'est le chiffre le plus malchanceux de la numérologie chinoise, que l'on s'efforce d'éviter.

LÉON ET LES POULES

Yveline Canal

Léon était en garde alternée, une semaine chez papi, une semaine chez yéyé, le week-end chez papa et maman, bien sûr.

Les deux grands pères se connaissaient très peu, l'un habitait un pavillon à la campagne, l'autre un appartement en ville. Ils avaient eu la même idée, assurer la garde du petit quand les parents travaillaient. Ils étaient veufs tous les deux et ce petit bonhomme, le premier de la troisième génération était une aubaine pour ne pas sombrer dans le chagrin de la solitude. Les parents de Léon n'avaient pas eu d'autre choix, les places en crèches réservées depuis longtemps étaient assez rares et les nourrices qu'ils avaient contactées, n'acceptaient pas leurs horaires de soignants. Les grands pères cela semblait être une bonne solution.

C'est ainsi que Léon grandit avec les deux cultures, la culture française et la culture chinoise. Les grands pères développaient des trésors d'imagination pour s'occuper de leur petit fils. Chacun lui parlait à sa façon, et Léon apprit ses premiers mots dans les deux langues simultanément, mélangeant au gré de ses apprentissages des mots de français et de chinois.

L'entrée à la maternelle pour ses trois ans ne sonna pas la fin de la garde alternée, chacun des grands pères se libérait une semaine sur deux pour aller le chercher à l'école, le faire goûter, et même préparer le repas du soir si besoin était. Léon continuait à progresser dans les deux langues, puisque les parents avaient décidé de l'inscrire, le samedi matin à des cours de chinois.

À trois ans, Léon savait très bien compter en chinois comme en français. Il dénombrait jusqu'à cinquante et connaissait la comptine des nombres jusqu'à cent. Il faisait la fierté de ses grands pères qui s'ingéniaient à trouver des petits jeux pour améliorer ses performances. Avec Papi, il jouait aux petits chevaux et aux dominos, avec yéyé, il jouait aux dames chinoises et aux échecs.

Les vacances scolaires étaient partagées équitablement entre les deux maisons et l'enfant adaptait très facilement vocabulaire, langue et comportement. Il aimait les animaux et était capable de nommer en chinois ceux qu'il avait vus avec yéyé au zoo. Avec papi c'était la ferme et ses animaux qui faisaient objets d'étude, Léon adorait nourrir les lapins, dénicher les œufs au poulailler, aller chercher le lait…

Les parents de Léon, lui avaient acheté pour les vacances, un petit livret d'exercices sur les nombres. Il n'oubliait jamais de l'emporter avec lui quand il changeait de maison. Il adorait relier les points sous les chiffres et découvrir le dessin caché. Il aimait aussi dénombrer les petits dessins et écrire le nombre correspondant. Léon aimait le mystère qui entourait les nombres et posait beaucoup de questions à ses grands pères. Il s'était très tôt aperçu que le 13 plaisait beaucoup à papi qui n'oubliait jamais de valider un ticket de loto ce jour-là. Quant au 4, yéyé ne l'aimait pas du tout, il lui avait expliqué que c'était le chiffre de la mort, puisque les deux se disaient de la même façon. D'ailleurs quand Léon eu 4 ans, yéyé lui faisait dire 3+1 ans.

Pour Pâques, les deux grands pères furent réunis dans le jardin de papi. Léon ramassa ses œufs en chocolat puis s'attabla près de ses grands pères pour dessiner avec les feutres offerts par Yéyé. Léon dessinait des poules, c'était de saison. Tout en faisant des petits points pour représenter les grains de blé, Léon disait « seu, seu , seu ! » Yéyé était vraiment choqué ! Pourquoi son adorable petit fils appelait-il la mort ?

- Tu veux attirer le malheur sur notre famille ?
- Mais non, yéyé, ce sont des poules chinoises que je dessine, alors elles ne font pas comme les poules françaises qui disent « quat, quat, quatre ! », elles disent « seu, seu, seu ! »

ZHŌNG WÉN

François Petit

Il est remarquable de voir à quelle vitesse un pays comme la Chine peut réduire un étranger - j'en suis un parfait exemple - à un état d'impuissance infantile. Pourtant j'ai passablement traîné mes guêtres sous diverses latitudes, dans divers lieux exotiques voire singuliers. Du Machu-Picchu à la vallée de Katmandou, du lac Rose de Dakar aux îles Lofoten, et jusqu'en Nouvelle-Zélande, j'ai voyagé, toujours curieux, souvent surpris, mais jamais stressé.

Et pourtant !

À Beijing, mégalopole comme il en existe sur d'autres continents, je me sens comme un oisillon tombé du nid.

Sans doute est-ce dû en partie à mon incompréhension de la langue. En Chine, si vous ne parlez pas chinois, plus exactement mandarin, et, plus important encore, si vous ne pouvez pas le lire, vous êtes totalement démuni.

Je me promenais la semaine dernière dans l'un des hutongs de Beijing, ces labyrinthes de ruelles antiques en voie de disparition, lorsqu'un vieil homme a commencé à me parler. Je n'avais absolument aucune idée de ce qu'il disait. Peut-être m'encourageait-il à manger un *baozi*. Ou peut-être exprimait-il une pensée indélicate à l'égard du barbare qui errait dans son quartier. Je ne savais pas et tout ce que je pus faire, c'est hausser les épaules et afficher un grand sourire niais, ce qui provoqua un signe de la main méprisant du vieil homme parce que, manifestement, j'étais un imbécile.

C'est la même chose lorsque j'essaie de me rendre d'un point A à un point B avec un minimum de drame. Bien que Beijing ait fait quelques efforts pour faciliter la tâche des illettrés étrangers, notamment en proposant des panneaux dont les noms des rues sont traduits en lettres romaines, le fameux pinyin, il n'en reste pas moins que la grande majorité des panneaux n'affiche rien d'autre que des caractères chinois, ce qui complique sérieusement les choses pour les « longs nez », surtout s'ils n'ont, comme moi, aucun sens de l'orientation.

Pas plus tard qu'hier, je passais la soirée avec mon ami Pierre, qui vit en Chine depuis des années. Au moment de rentrer, conscient de mon incapacité, il voulut me raccompagner à mon hôtel. Il héla un taxi et lui donna l'adresse. Le chauffeur, après avoir expliqué qu'il était nouveau dans le métier et venait d'arriver à Beijing depuis son village du Shandong, lui demanda de répéter.

- *Gongrentiyuchang Bei Lu*, répéta Pierre.
- *Gongrentiyuchang Bei Lu ?* dit le chauffeur.
- *Dui, Gongrentiyuchang Bei Lu*, confirma Pierre.

Ils passèrent une minute à aller et venir, répétant le nom de la rue, qui était apparemment une avenue bien connue du centre de Beijing, que tous les chauffeurs de taxi connaissaient certainement.

- Explique simplement que c'est près du Swissôtel, ai-je proposé pour débloquer la situation.
- Je ne peux pas, dit Pierre. Je ne connais pas les caractères du Swissôtel.
- Tu veux dire que tu ne peux pas dire Swissôtel ou Holiday Inn et demander au chauffeur de taxi de t'y emmener ?
- Non. Il faut le dire en chinois.

Je me suis dit : « Bon sang, sans vouloir séjourner particulièrement dans des hôtels occidentaux au cours de mon voyage en Chine, j'avais espéré pouvoir utiliser leurs noms comme points de repère dans les grandes villes ».

Pendant encore deux minutes, Pierre chercha à expliquer précisément où nous voulions aller, jusqu'à ce que le chauffeur ait un éclair de génie.

- Ahhh... *Gongrentiyuchang Bei Lu* !
- Mais c'est ce que tu dis depuis le début, ai-je fait remarquer.
- Il a dit que je n'avais pas utilisé les bons tons et que c'était pour cela qu'il n'avait pas compris.

Cette expérience n'augurait rien de bon pour la suite de mes aventures en Chine. Si Pierre, qui avait étudié le mandarin à l'Ecole des Langues Orientales à Paris pendant cinq ans, trébuchait encore sur les tons, j'étais véritablement au début d'une Longue Marche.

Mais plus encore que la prononciation, c'est le chinois écrit qui me déconcerte au plus haut point. Du fait de mon ignorance, les menus de restaurants sont devenus mes ennemis jurés, d'autant plus que les nombreuses cuisines régionales sont extraordinairement variées. J'ai bien sûr un dictionnaire de poche, mais il ne m'est d'aucune utilité pour comprendre un menu. Les dictionnaires sont écrits en pinyin, ce qui est utile lorsque vous essayez de dire quelque chose, mais pas lorsque vous essayez de lire. Les Chinois ne lisent pas le pinyin, ils lisent le chinois !

Aucune méthode de traduction ne permet à un voyageur de voir un caractère chinois sur un menu, d'ouvrir le dictionnaire et d'apprendre que cet amalgame de courbes et de traits est le caractère pour hippocampe grillé. Peut-être voulez-vous vraiment manger des hippocampes grillés ? Mais peut-être pas.

Ce que vous voulez vraiment savoir dans un restaurant en Chine, c'est ce que vous commandez précisément.

Ou peut-être pas ?

HISTOIRE D'UNE VIE

Christian Siguié

« 1.2.3. Soleil ! » s'écrie la petite Wen en surveillant ses camarades d'école, qu'elle renvoie impitoyablement à leur ligne de départ, au moindre faux-mouvement pressenti. Le repas servi pour son 10ème anniversaire était certes un peu frugal, mais son dessert composé de quelques *baozi* lui donnait des allures de libations. Sa dévouée *Māmā*, qui n'a pu oublier les quatre années de disette d'après sa naissance, veille à ce que ses amies finissent riz et *perles coco* servis pour l'occasion. On sortait du *Grand Bond en avant...* mais aussi de la sinistre famine qui l'avait accompagné.

Trois années plus tard, la jeune Wen rejoint des centaines d'autres jeunes filles attirées par le Mouvement des Cent Fleurs à Pékin. Des cars complets les conduisaient de son école et du centre de Dalian jusqu'à la Capitale. Dans ce brutal changement de décor, les robes des écolières étaient aussi éclatantes que les paroles du Grand Timonier : « Que cent fleurs s'épanouissent, que cent écoles rivalisent ! » Qui se doutait alors que cette jeunesse rieuse et moqueuse inquiétait déjà ses dirigeants ?

Janvier 1964, *Xiao* Wen se souvient d'un hiver glacial soudain réchauffé par une annonce surréaliste. Un « très grand Français » : *Dàigāolè Jiāngjūn*, aurait reconnu la Chine pour la première fois sur la scène internationale. Ce Général Charles de Gaulle, président d'un pays lointain, que l'on appelait aussi le « Pays de la Justice » ouvrait enfin la voie de la Reconnaissance, pour toute une nation.

À 23 ans, l'adolescente s'engage dans la « Révocul », « sa » Révolution Culturelle contre les Bourgeois, les Réactionnaires et les Fascistes, qui n'avaient que trop profité de son pays. *Xiao* Wen entonnait le chant « L'Orient est rouge », qu'elle avait retenu plus jeune de son précédent périple à Pékin. Elle l'enseignait à son tour aux enfants de son nouveau village d'adoption et son chant résolu convainquit au moins le camarade Qiang LIU qui, en bon *Zhiqing*, lui proposa de l'épouser. Tous deux partageaient déjà le même idéal. Alors pourquoi pas un toit et puis des enfants ? Leur union fut rapidement célébrée, un petit mois avant que ne s'impose la Politique de l'Enfant unique ». *Xiao* Wen rêvait d'une petite fille qui lui ressemble... mais dans sa grande ironie, la Nature n'accorda à son couple pas même un enfant, ce que ses proches saluèrent comme son tribut à l'élan économique de la Nation !

Peu voyaient alors dans ce « nid vide » le début d'un vieillissement inhabituel de toute la population. Combien auraient pu déceler dans cette course au progrès matériel la fuite du temps qui l'accompagnerait inéluctablement ? Et pourtant, les jours s'accélérèrent, pour toute sa génération ! *Xiao* Wen vit les *QiChe* succéder aux deux-roues, puis l'inverse. Dans l'appartement qu'elle partageait avec Qiang, l'informatique remplaçait peu à peu leur bibliothèque, leur téléphone... Son couple assista à l'aménagement du 1er ordinateur, l'apparition de marques étrangères puis chinoises. Les écrans s'amincirent, les machines à laver se firent moins bruyantes, les livres plus rares... Et plus l'espace se resserrait, plus on conquérait de modernité, plus vite repartait la course du temps. Meng Ni, sa très jeune nièce, ne faisait pas exception à la règle : elle semblait née avec son *Xiǎomǐ*, sur lequel elle apprit assez vite à rassembler la famille autour de *We Chat*. Mais jamais elle ne trouvait le temps d'une visite à son *Shūshu* et sa *Āyí*.

Le jour de ses 66 ans, Wen apprit la signature avec la France d'un Mémorandum sur la Coopération dans les secteurs sociaux et sanitaires. « Mieux vieillir » était le thème du séminaire franco-chinois qui s'ensuivait à Paris cet été 2007. Encore un beau combat pour Lao Wen : sa beauté chèrement préservée lui valut d'être désignée représentante des séniors dûment sélectionnés pour ce long voyage.

Mais les plus beaux diamants ne sont pas éternels : elle espérait juste prolonger ses belles années un peu plus longtemps. À 69 ans, elle ne voulait plus vieillir et à ceux qui osaient encore l'interroger sur son âge, Wen répondait « 70 » car le « 9 » final lui aurait valu l'Éternité qu'elle ne méritait pas encore.

Dix ans plus tard, elle devenait -en pleine crise du Covid-19- l'une des 25 millions d'octogénaires de la Chine d'aujourd'hui. Une classe certes aussi respectée qu'honorable, qui avait travaillé si dur... mais que la génération montante enviait et jalousait à présent : « ces anciens ont tout, mais ne comprennent toujours rien d'Internet » !

À l'automne de ses 84 ans, Lao Wen est alitée depuis plusieurs mois déjà. Tandis que le vieux Qiang caresse ses joues en larmes, elle reconnait les exclamations de sa sœur et la robe étincelante de sa belle nièce, incrédule. La pièce s'assombrit peu à peu autour de Lao Wen qui écarquille ses yeux ouverts, tandis qu'elle suffoque et peine à respirer. Sa jeune nièce, dont elle fixe la splendide chevelure, scrute son regard à la recherche d'une lueur : « Lao Wen, je t'ai cherchée longuement sur *We Chat* ces derniers jours ». Rassemblant le peu de force qui lui restaient, la pauvre Wen lui répondit par cette dernière phrase qu'elle avait préparée, rien que pour elle : « *shi le, shi le* Meng Ni : **88** – *BaBa*, **13.14** - *yī sān yī sì* : pour toujours.

Le « ressenti des chiffres » au sein de la culture chinoise :

3 : « parfois bénéfique, parfois néfaste ». Légèrement porte-malheur,

4 : « se fuit, comme la Mort »,

5 : « stabilité et grandeur »,

6 : « porte bonheur, symbole de fluidité »,

7 : « harmonie des 5 éléments + *Yin & Yang* »,

8 : « jamais assez : Fortune et Bonheur, Chance et Prospérité »,

9 : « impérial, noble et glorieux : comme l'Éternité, au-dessus des hommes ».

SALE CARACTERE !

Daniel Gorans

La férule du maître s'abat sur le pupitre, juste à côté de la main tremblante. Le pinceau mal tenu tombe et éclabousse les sandales immaculées de la voisine. Mei hua sursaute et redouble d'application pour tracer sans hésiter le caractère « xie » (écrire). Elle est gentille, jolie et réussit tout ce que le maître lui demande. C'est pour cela qu'elle est assise à côté du plus maladroit de la classe. Elle est chargée de l'aider autant qu'elle le peut, mais…

- Tu le fais exprès ? tonne le maître. Cela fait dix fois que je te montre comment tracer « xie » et tu n'y parviens toujours pas ! Tu ne tiens pas bien ton pinceau ! Et puis d'abord, ramasse-le et excuse-toi auprès de ta voisine. Tu devrais prendre exemple sur elle. Pour demain, non seulement tu nettoieras ses sandales mais tu devras faire chez toi toute une page de « xie » parfaits !

Zheng, le garçon sur qui les regards des autres élèves sont braqués, baisse la tête et met les mains sur ses oreilles. Il espère ainsi ne plus entendre les reproches incessants dont il est abreuvé. Quelques larmes coulent sur la feuille et n'arrangent rien aux traces du pinceau. L'instituteur hausse les épaules et s'éloigne vers le tableau. La leçon doit se poursuivre. Il faut à nouveau capter toute l'attention des élèves.

Mei Hua donne un discret coup de coude à Zheng, signal convenu pour le prévenir de la fin du danger. Le garçon relève la tête. Il sèche ses larmes et ébauche un sourire contrit, comme pour se faire pardonner. Elle lui répond par un sourire rassurant. Ils se concentrent ensuite tous deux sur la suite de la leçon.

Zheng attend avec impatience le tintement de la cloche : il annonce le terme de la journée de classe. La maison de sa grand-mère est à huit lis de l'école, dans un hameau perché à flanc de colline. Il vit seul avec elle, ses parents sont partis chacun dans une grande ville y chercher fortune. Ils reviennent quelques jours pour le nouvel an, puis disparaissent jusqu'à l'année suivante.

Juste à côté habitent Mei Hua et sa famille. Les deux enfants d'à peine sept ans cheminent ensemble tous les jours de classe, à l'aller comme au retour. Zheng aime en secret Mei Hua mais est trop timide pour le lui avouer. Il est persuadé qu'elle le méprise pour les sales caractères tracés jour après jour sur son cahier. Pourtant, elle est toujours gentille et souriante lorsqu'ils marchent ensemble. Parfois même elle lui prend la main. Alors ils se racontent leurs rêves. Lui est harcelé par ceux qui font peur au point d'empêcher de s'endormir. Les « sales caractères » se mettent à y danser sur un rythme endiablé scandé par la férule d'un maître hideux. Elle lui répond en général qu'elle aussi fait à coup sûr de mauvais rêves mais elle ne s'en souvient pas au réveil. Seules les fois où elle imagine être une princesse lui restent en mémoire. Zheng s'arrête très souvent pour observer une plante ou un insecte. Son visage s'anime et, les yeux brillants de plaisir, il expose leurs vertus à sa camarade. Sa grand-mère, un peu guérisseuse, lui transmet petit à petit tout son savoir. Il voudrait pouvoir soigner les gens et pourquoi pas devenir médecin, mais...il a tant de peine à apprendre les caractères !

Au bout d'un moment, le chemin devient plus escarpé. Mei Hua lui reprend la main au prétexte que sans son aide, elle pourrait tomber. Tout en marchant, elle déclare :

- Si mon rêve de devenir princesse pouvait se réaliser, je te demanderais d'être mon médecin. Peut-être même mon mari. Tu sais déjà tant de choses pour soigner ! En attendant, ne t'en fais pas pour mes sandales. Je vais les nettoyer avec le sable gris du petit torrent qui coule entre nos deux maisons. Et puis, j'ai une idée pour que tu apprennes plus facilement les caractères : tu vas choisir un mot que tu aimes bien.
- D'accord : peut-être papillon, ou bien herbe. Heu, non, je crois que « hua », fleur, est mon préféré. En plus il me fait toujours penser à toi.
- Alors tu vas t'entraîner à l'écrire. Tu vas venir avec moi quand je nettoierai les sandales. Tu vas prendre un petit bambou, comme ceux qui nous servent pour manger. Je vais tracer un modèle dans le sable au bord du torrent. Pendant que je nettoie, tu copies sur le sable à côté du modèle, tu verses un peu d'eau du torrent, tu effaces avec ta main et tu recommences autant de fois que tu veux, jusqu'à ce que le caractère te plaise. Quand tu auras réussi, nous ferons la même chose pour « xie ». Comme ça, tu feras facilement le travail donné par le maître.

- Oh, merci, comment fais-tu pour avoir toujours de bonnes idées ?
- Je n'en sais rien ; un peu de magie peut-être, comme toi avec les plantes.

Une heure plus tard, les deux enfants se retrouvent sur la berge du torrent. Ils sont accroupis au bord de l'anse où l'érosion a déposé le sable gris. Ils se mettent au travail : Mei Hua trace le premier modèle puis se lance dans le nettoyage des sandales ; Zheng trace avec le petit bambou et efface sans relâche. Il finit par réussir un superbe « hua », demande à sa camarade de tracer un modèle de « xie » et parvient à force de persévérance à un dessin parfait.

Le lendemain, le maître, étonné qu'aucun « xie » ne soit « sale », est contraint de féliciter Zheng.

Moralités : un petit bambou vaut mieux qu'une grosse férule ; gentillesse et bienveillance font plus que reproches et mépris ; les idées des enfants sont parfois les meilleures.

Depuis, je figure avec fierté sur la couverture du cahier d'écriture de Zheng : il m'a calligraphié de la plus élégante manière, moi le caractère « xie ».

Le conte

Le conte pour adulte et pour enfant, outil magique, transmet les sagesses ancestrales. Il donne des pistes pour affronter les épreuves de l'existence et les surmonter. Métaphores et imagination sont à l'œuvre. La culture chinoise, particulièrement riche sur ce plan, invite à en créer de nouveaux qui, si courts soient-ils, ont peut-être un sens caché.

(*) Le compte « TU, où cours-tu ? » a été écrit à l'occasion du nouvel an chinois en janvier 2023. Il a été publié dans la newsletter de l'association Atlantique Nantes Chine.

TU, OÙ COURS TU ?

Daniel Gorans

C'est enfin mon tour ! Je vais pouvoir faire la fête. Mes grandes oreilles se dressent avec fierté. Je sors de mon terrier, une oreille, puis l'autre. La menace d'être dévoré par seigneur tigre il y a un an m'a rendu prudent, pour ne pas dire méfiant. Être resté terré pendant une année me plonge de plus en pleine crise identitaire. Qui suis-je ? Lièvre, lapin, lapin de jade ou lapin d'eau ? Tout ce dont je suis sûr, c'est qu'à la prochaine pleine lune les honneurs me seront rendus, et ce durant une année. Me voilà rassuré sur mon avenir proche.

J'ai eu le temps de réfléchir à la façon dont je souhaitais organiser la fête. Je veux inviter toute ma famille. Nous sommes innombrables mais je redoute toujours que notre espèce, comme beaucoup d'autres, disparaisse à tout jamais de la surface de la terre. De la myxomatose au covid, de la disparition progressive des prairies et orées de forêts où nous pouvions en toute sécurité creuser terriers et galeries… les conditions de vie deviennent des conditions de survie ! J'ai tout d'abord songé à aller m'installer avec les miens sur la lune pour y rejoindre la déesse CHENG'E. Un ancien m'en a dissuadé. Il m'a rappelé que d'autres avant moi avaient tenté l'expérience, en particulier YU TU, ancêtre de tous les lapins de jade, et sa tribu. Ils avaient fini par revenir sur terre, la nourriture y étant bien mieux adaptée. L'herbe fraîche, les bourgeons, les légumes des potagers ont bien meilleur goût que les surprenantes perles de lune ! L'astre céleste fait pourtant des efforts : il s'effrite petit à petit mois après mois et invite en vain qui veut à venir manger à volonté les monceaux de perles. Il ne se décourage jamais, se reforme au bout du compte comme pour un puzzle. J'ai compris avec ce récit pourquoi la lune changeait sans cesse de forme pendant 28 jours, toujours à l'identique.

Une autre idée m'est venue : m'en remettre à la déesse NIANGNIANG pour m'assurer une descendance si nombreuse qu'impossible à anéantir. Alors j'ai pris le chemin du mont TAI, dans le SHANDONG. Tout près du sommet de cette montagne sacrée je vais solliciter sa protection dans le temple qui lui est dédié. Je suis précédé par la fanfare de mes congénères musiciens, suivi par toute ma parentèle. Chacun est armé de pétards, de bâtons d'encens et d'offrandes. Nous nous lançons à l'ascension de la plus réputée des douze montagnes sacrées. Tous ceux qui nous croisent en chemin me posent les mêmes questions :

- TU, où cours-tu ?
- Je parcours le chemin emprunté par tous les empereurs.
- Pourquoi cours-tu, TU ?
- Pour honorer à temps la déesse NIANGNIANG.
- Elle a le temps, puisqu'éternelle.
- Je dois être au rendez-vous de la nouvelle lune, pour l'an nouveau.

- Alors dépêche-toi, nous te suivons, nous voulons être de la fête.

Un cortège impressionnant se forme. Avertis par la fanfare, les moines sortent du temple. Je me présente à eux. Je suis le plus grand et le plus gros de la troupe. Je surprends le regard concupiscent du supérieur. Il s'imagine sans doute déguster mon râble apprêté en civet... Les dangers sont encore bien présents ! Je lui annonce avoir rendez-vous avec la déesse qu'il est censé vénérer. Il ne peut rien contre moi. Je me prosterne trois fois devant la statue de ma protectrice, les pétards font un vacarme infernal et mes yeux pleurent tant les fumées d'encens sont denses.

Je suis transporté sur un trône, les offrandes s'accumulent. Je suis rassuré. Je vais pouvoir déployer ma gentillesse et mon intelligence au service de mon peuple, de leurs cousins proches ou lointains, voire des humains, à commencer par tous ceux de l'Empire du Milieu et alentours : je veux les convaincre qu'il est grand temps de respecter la nature et de nous porter le même respect les uns aux autres. Serai-je entendu avant l'arrivée de mon successeur, le dragon, dont je redoute les jets de feu ?

DOMPTEURS DE DRAGONS

Yveline Canal

Fille du soleil et de la lune, je m'appelle Solune, je suis déesse du ciel. Quand je m'ennuie, je me transforme pour voyager sur la terre.

Campagne chinoise, 6665.

Il y a plus de quarante ans, je me faufilais entre les arbres d'une petite forêt. Pour satisfaire mon envie de courir, j'avais pris l'apparence d'une biche. L'air était doux, les petites clairières baignées de lumière étaient propices aux moments de repos, l'herbe fraîche et le bruit du ruisseau me ravissaient.

J'ai commencé par entendre les chiens, puis les cris des hommes et les tirs des fusils. Pas le temps de changer de déguisement, la fuite par la rivière semblait être la seule issue.

Courir, courir. Je courais depuis si longtemps, désespérée, je me réfugiais dans une fissure entre deux rochers. Cette faille se terminait par une cavité. Je l'explorais avec méfiance, il ne fallait pas tomber sur un autre prédateur, toute déesse que j'étais, j'avais besoin d'un peu de repos avant de rejoindre les miens.

Je m'endormais, quand apparut un petit d'homme. Lui aussi était effrayé, voyant que je ne bougeais pas, il avança et ses mains caressèrent mon museau encore fumant. D'un coup de langue, je lui assurais mon entière dépendance. Il était venu pêcher dans la rivière, la grotte était son refuge.

Des pas se rapprochaient, j'entendais les graviers crisser sous de grosses semelles. S'en était fini, je n'avais même plus la force de me transformer et encore moins de lancer un sort !

Le petit d'homme qui semblait lui aussi avoir l'ouïe fine, sortit avec sa petite canne à pêche. Les voix lui demandaient s'il avait vu le gibier, il répondait que non, il n'avait rien vu, qu'il était là depuis hier, et qu'il n'avait rien pêché. Les chiens et les chasseurs repartis, il me rejoignit au fond de la grotte.

Le jour déclinait et mon petit sauveur partagea son maigre casse-croûte. Pour l'endormir je lui parlais, je le remerciais de son courage face à ces gens armés. Je lui annonçais un grand avenir : « un jour, tu affronteras un dragon de fer, le dragon voudra t'écraser et toi de ta main tu le dompteras. Tu monteras sur son dos, tu lui diras de retourner d'où il vient et de ne plus venir cracher ses flammes sur des hommes. Ce jour-là tu deviendras le héros de la terre et même après ta mort personne ne pourra t'oublier. »

Pékin, 8965.

Des cris sont partis des petites rues : « l'armée est là, des chars par centaines envahissent l'avenue, nous allons tous mourir ! »

Wang Wei Lin a 19 ans, il habite à Pékin depuis un an. Venu pour étudier à Beida, il voit son rêve s'envoler, il est à court d'argent, il doit impérativement se trouver un emploi, pour manger, étudier et se loger.

Aujourd'hui, il est venu jusqu'à Tian an men, là il y a des magasins, des restaurants : potentiellement du travail. Il a pris le bus et est descendu près du palais. Il avance rapidement dans la grande avenue désertée, il sait que certains de ses amis veulent faire une révolution, mais lui il n'en a pas les moyens.

Le grondement des chars le surprend alors qu'il est en train de sortir du sac plastique son déjeuner. Curieux il court au-devant de la longue chenille qui s'apprête à s'installer sur l'immense place.

Un sentiment de bien-être, curieusement l'envahit, il entend Solune qui lui murmure : « Vas-y c'est ton dragon, dompte-le ! Wang Wei Lin, maigre silhouette, s'avance vers l'avant du char de tête et d'un geste de la main l'arrête ! Interloqué le pilote stoppe son véhicule, puis le remet en route. Wang Wei Lin ne bouge pas. Le soldat décide de le contourner. Wang Wei Lin fait quelques pas de côté pour bloquer le lourd engin, voyant que le tank est immobilisé, il grimpe par l'avant pour aller parler au conducteur. Les bruits des moteurs couvrant sa voix, il lui montre qu'il doit retourner d'où il vient.

Je suis Solune déesse du ciel et je ne vais pas laisser mon sauveur se faire happer par le système judiciaire. Dès qu'il descend du dragon je me transforme en aigle et je l'emmène loin de Pékin. Je le dépose là où on s'est rencontré, près de cette grotte qui m'avait protégée.

Loin en Chine, 2356.

Wang Wei Lin est marié maintenant, dans son petit village il apprend à lire aux enfants. Je viens le voir quelquefois et je lui raconte mes voyages. Il me montre une photo du dragon sur la place Tian An Men, en anglais le titre est : « qu'est devenu Tank-Man ? »

Encore maintenant il semble compliqué d'écrire ce nombre, 8965(*), qui indique la date de certains évènements sur la place Tian an men.

(*) 1989-06-05

UN FABULEUX GRAIN DE RIZ

Daniel Gorans

Xiao Zhu était, à peine âgé de quatre ans, d'une insatiable curiosité. Au point parfois d'agacer celles et ceux à qui il adressait des questions. Il accumulait ainsi de nombreuses connaissances, dans tous les domaines utiles aux jeunes garçons, mais aussi dans ceux susceptibles de donner joies et soucis aux adultes. Il avait eu ses parents par surprise : modestes paysans, ils n'avaient pas eu pour projet un cinquième enfant, les quatre aînés, deux filles et deux garçons, tous vigoureux adolescents, étant déjà bien trop affamés à leur goût. D'autant que trois des grands-parents habitaient avec eux.

Ils vivaient dans un hameau au sud de Jianshui dans le Yunnan. Devant la cour de leur fermette s'étendaient à perte de vue les rizières en escalier. Les murets de séparation pouvaient faire penser aux écailles d'un poisson géant. Certains jours de pluie ou de brume, Xiao Zhu se plaisait à plisser les yeux : il était persuadé ainsi de voir le poisson géant se mouvoir. Il s'adressait alors à lui en secret pour lui confier ses soucis ou lui poser les questions auxquelles il n'avait pas eu de réponse. Il n'omettait jamais non plus de lui demander s'il pouvait lui rendre service. À chaque fois, il avait l'impression que cela faisait beaucoup rire

112

le poisson qui lui conseillait de continuer à grandir pour le jour où...

Chacune et chacun prenait part aux travaux de la riziculture traditionnelle en plus de la semaille et de la récolte du riz. Les deux fils aînés aidaient leur père à façonner les murets, à soigner et conduire les buffles ; les filles donnaient la main pour l'entretien de la maison, la cueillette des herbes fraîches et, en saison sèche le nettoyage des parcelles... Les anciens étaient en charge de la basse-cour et des deux cochons. Le petit dernier suivait les uns et les autres dans l'espoir d'être chargé d'une tâche utile à toute la famille. Le plus souvent, ses grands-parents partageaient avec lui le ramassage des œufs ou la préparation de la pâtée pour les cochons. Tout allait bien, jusqu'au jour où...

La saison sèche dura, dura, dura si longtemps que le riz, habituellement récolté deux fois l'an, vint à manquer. Le cruel mandarin installé au fond de la vallée continua cependant à réclamer son dû. Il se croyait l'égal des dieux, presque maître de l'univers et décidait de tout selon ses et désirs et croyances. Rien à donner. La coutume voulait alors qu'un membre de la famille vint s'installer gratuitement au service du mandarin. Rien à faire. La sécheresse fut impitoyable pendant plusieurs années. Les quatre aînés étaient prêts et résignés, la mort dans l'âme, à se mettre au service du seigneur, voire à être prise pour concubine pour la plus jolie des deux filles. La fermette ne fut plus que larmes et misère.

Xiao Zhu avait bien grandi. Il finit par décider de s'adresser au poisson géant. A la nuit tombée, malgré sa crainte de l'obscurité, il sortit sur la pointe des pieds et vint sur le muret de la plus haute parcelle.

- Poisson géant poisson géant, j'ai besoin de ton aide. Tu sais aussi bien que moi, il n'y a plus assez de pluie pour faire pousser le riz. Le mandarin veut prendre mes frères et sœurs en dédommagement. Que faire ?
- Hélas, faute d'eau, je suis bien faible et n'ai plus assez de force pour aider quiconque. Rends-moi d'abord ma force. Une renarde m'a jeté un sort et il n'y a qu'un humain qui puisse m'en délivrer.
- Comment ? Je suis encore trop petit pour ça. Xiao Zhu se mit à pleurer.
- Garde tes larmes pour tout à l'heure. Cherche au pied du muret, il y a un trou de serpent. Attention, il pourrait te mordre. Fais-le sortir avec un bâton, présente-lui tes respects et explique-lui que tu as besoin de lui. Il te laissera alors glisser ta main dans le trou et tout au fond, tu saisiras le sachet de soie qui s'y trouve. Si tu y parviens, l'eau d'une source jaillira : le sachet l'en empêche. Dépêche-toi d'ouvrir le sachet et cours planter le grain de riz qu'il contient au centre de votre parcelle. N'oublie pas de remercier le serpent et promets lui un cadeau.

Sitôt dit, sitôt fait. La source jaillit et remplit très vite toutes les parcelles, laissant à peine à Xiao Zhu le temps de planter le grain trouvé au fond du petit sac. Le poisson géant se sentit renaitre Et remercia l'enfant et le serpent.

- Va dormir tranquille, je vais m'occuper du grain de riz et préparer un présent pour le serpent. Lorsque votre coq chantera, préviens toute ta famille pour qu'ils viennent voir.

Le lendemain matin, au lever du soleil, le coq chanta. Xiao Zhu prit une marmite et un bâton pour faire le plus de bruit possible afin que toute la maisonnée se réveille. Il invita toute sa famille à jeter un œil sur les rizières. Ils restèrent bouche bée : elles étaient en eau et le riz était prêt à être récolté. Ils se mirent courageusement au travail laissant les questions sur les raisons du miracle à plus tard.

Le lendemain, la part du mandarin lui fut délivrée, à la grande surprise de ce dernier. Il ne reçut pas d'explication malgré sa demande insistante. Il décida alors de se faire porter en palanquin jusqu'à la rizière la plus haute. Le riz avait déjà repoussé. Il ordonna à ses sbires d'en récolter le plus possible pour pouvoir lui aussi bénéficier du miracle. Ils en furent incapables : les pousses résistaient à tous leurs efforts. Furieux, le mandarin les injuria et les fouetta. Il descendit pour faire lui-même la récolte. A peine les pieds dans l'eau, le petit serpent le mordit. Le mandarin tomba raide mort.

Personne ne pleura cette disparition. Xiao Zhu vint apporter huit œufs frais au petit serpent pour le remercier. Il raconta l'histoire du poisson géant à sa famille, tous hochèrent la tête d'un air entendu.

FEI YAN ET LA PÊCHE EMPOISONNÉE

François Petit

Il était une fois, au début du règne de l'empereur Hongwu, une belle jeune fille nommée Fei Yan. Elle était la fille unique d'un noble de la cour impériale, le duc Guan Yu, mais sa mère était morte en lui donnant naissance. Son père était inconsolable et consacra toute son attention et son affection à sa fille unique.

Fei Yan était une jeune fille douce et aimable, avec une beauté légendaire qui égalait celle des plus belles fleurs du jardin impérial. Son père la gâtait outrageusement, lui offrant des cadeaux somptueux et laissant ses serviteurs obéir à tous ses désirs.

Mais la vie de Fei Yan changea le jour où son père décida de se remarier. Sa nouvelle belle-mère était une femme cruelle et jalouse, qui ne pouvait supporter la beauté de Fei Yan et son affection pour son père.

Très vite, la belle-mère de Fei Yan commença à traiter la jeune fille avec méchanceté, la faisant travailler dur et la punissant pour des fautes qu'elle n'avait pas commises. Fei Yan supportait tout cela en silence, ne voulant pas causer de chagrin à son père bien-aimé.

Un jour, alors que Fei Yan cueillait des herbes dans la forêt, elle rencontra sept singes qui jouaient à se poursuivre. Les singes furent surpris de voir une si belle jeune fille dans la forêt. Doués de la parole, car il s'agissait de singes fabuleux, ils lui demandèrent pourquoi elle était là.

Fei Yan leur raconta son histoire et les singes furent touchés par sa tristesse et sa douleur. Ils lui offrirent de vivre avec eux dans la grande hutte qu'ils avaient construite dans la forêt, où elle pourrait se reposer et trouver un refuge sûr.

Fei Yan était reconnaissante de leur gentillesse et de leur générosité. Elle prit soin de leur petite maison, leur préparant de délicieux repas et leur apportant joie et amitié. Les singes étaient enchantés de la présence de Fei Yan parmi eux et la considérèrent vite comme leur petite sœur.

Pendant ce temps, la belle-mère de Fei Yan cherchait désespérément un moyen de se débarrasser de la jeune fille et de sa beauté éblouissante. Elle finit par trouver un sorcier maléfique qui lui donna une pêche empoisonnée, disant que si Fei Yan la mangeait, elle tomberait dans un sommeil profond dont elle ne se réveillerait jamais.

La belle-mère de Fei Yan se déguisa en vieille femme et se dirigea vers la forêt, où elle trouva la hutte des singes et Fei Yan. Elle offrit la pêche empoisonnée à Fei Yan, lui disant qu'elle lui apporterait bonheur, chance et longévité.

Fei Yan, ne se doutant de rien, prit le fruit et en mangea une bouchée. Elle tomba aussitôt dans un sommeil profond, laissant les singes désemparés.

Les singes étaient dévastés de voir Fei Yan endormie et sans vie. Ils décidèrent de la placer dans un cercueil de jade, espérant qu'elle se réveillerait un jour. Ils gardèrent le cercueil près de leur hutte et pleurèrent tous les jours la perte de leur chère amie.

Pendant ce temps, le père de Fei Yan avait commencé à se rendre compte que quelque chose n'allait pas. Il avait remarqué la malveillance de sa nouvelle femme envers sa fille et avait commencé à craindre pour sa sécurité. Il avait envoyé des émissaires dans tout le royaume pour la retrouver, mais ils étaient tous rentrés bredouilles.

Un jour cependant, l'un de ces envoyés, le fidèle Zheng He, entendit parler des singes de la forêt et de leur étrange cercueil de jade. Guidé par son instinct, il entra dans la forêt et trouva rapidement le campement des singes.

Lorsque les singes virent Zheng He, ils furent d'abord méfiants. Mais il leur raconta l'histoire de Fei Yan et leur montra une peinture sur soie qui avait été faite d'elle avant le remariage de son père. Les singes furent émus aux larmes en reconnaissant leur bonne amie.

Ils révélèrent l'histoire de la pêche empoisonnée et du sortilège lancé par la belle-mère de Fei Yan. L'émissaire comprit que la marâtre était la coupable et ordonna son arrestation immédiate.

Pendant ce temps, dans son cercueil de jade, Fei Yan avait commencé à rêver. Elle se souvint de la joie de vivre des singes et de leur gentillesse. Elle se rappela aussi la cruauté de sa belle-mère et la douleur qu'elle lui avait infligée. Elle se réveilla enfin de son sommeil profond et sortit de sa prison de jade.

Fei Yan se rendit compte qu'elle avait été victime d'un sortilège maléfique et qu'elle avait été sauvée par ses amis les singes. Elle leur exprima sa gratitude et leur demanda de l'aide pour se rendre au palais de son père.

Les singes accompagnèrent Fei Yan au palais et la présentèrent à son père bien-aimé. Le duc Guan Yu pleura de joie en voyant sa fille saine et sauve. Il remercia infiniment les singes pour leur aide et leur promit de les honorer pour leur courage et leur dévotion.

Fei Yan se maria un an plus tard avec un jeune baron loyal et aimant et devint la mère de plusieurs enfants. Elle rendit visite régulièrement aux singes de la forêt, leur apportant cadeaux et friandises, et célébrant leur amitié éternelle.

Et ainsi, l'histoire de Fei Yan et des sept singes devint une légende, rappelant la beauté et la bonté, la cruauté et la jalousie, et l'amitié désintéressée qui peut triompher même dans les moments les plus sombres.

ADIEU VEAU VACHE COCHON COUVÉE

Aude Hazard

Je désespère… Seul dans un grand appartement de la tour la plus haute du Monde, je reste là, immobile, à regarder passer les rares visiteurs, tous plus riches les uns que les autres, aux diamants et étoffes raffinés, aux effluves de parfums orientaux : muscade, menthe, fleur d'oranger. Mes allures d'Extrême Orient, ma peau bronzée et ma taille démesurée les intriguent deux minutes puis ils passent leur chemin, ne comprenant pas ma vraie valeur et mon histoire. C'est désespérant !

Pourtant j'ai remué ciel et terre pour ne pas avoir un avenir ordinaire, être remarqué et remarquable.

Tout a commencé par cette affiche placardée sur les murs de mon village au fin fond de la Chine, si lointaine aujourd'hui. Elle proposait de devenir gardien de l'Empereur Céleste. L'idée m'avait empêché de dormir et tôt le matin, j'avais quitté mon village natal sur un coup de tête, mon baluchon sur le dos. J'avais laissé parents et amis pour tenter ma chance à la Capitale. Douze nuits à la belle étoile plus tard, quelle n'avait pas été ma surprise lorsqu'aux portes de la Cité Céleste, je découvrais des milliers de rivaux de tous horizons agglutinés sur la place gigantesque au centre de la Capitale. Bien décidé, je m'étais frayé un chemin non sans encombre vers l'entrée. Il faut dire que mon odeur fétide, miroir olfactif de mon long voyage et de mon hygiène personnelle habituelle, m'avait fortement aidé : les autres ne souhaitant pas se coller à moi de peur de ne pas être choisis, se décalaient par réflexe, j'avais ainsi réussi à m'approcher à quelques mètres de la fameuse Porte de la Paix Céleste. C'est alors qu'un Homme divin, à la longue barbe blanche, flottant majestueusement dans sa toge impériale, était apparu au-dessus de nous, et avait déclaré que seule une poignée d'entre-nous seraient nécessaires à la garde de l'Empereur et qu'une course allait commencer. La règle était des plus simples : les premiers qui passeraient la porte serait les vainqueurs. Je n'avais pas attendu que cet Être envoutant finisse son discours, et avait profité que mes voisins continuent à boire ses paroles enchanteresses pour me faufiler à quatre pattes au plus près de la Porte. Il ne me restait plus que 3 ou 4 têtes devant moi lorsque la foule s'était mise à onduler dangereusement, chacun jouant des coudées pour avancer. La porte s'était soudain ouverte et en un quart de seconde, j'en voyais déjà 6 malins se faufiler, le 7e, le 8e, le 9e... Il ne restait plus beaucoup de places, je profitais d'un bon appui sur un rival trapu pour m'élancer de toutes mes forces ! le 10e, le 11e... Je fermais les yeux et me préparais à m'écraser lamentablement contre la Porte dont on entendait déjà les gonds grincer. Mais au lieu de ça, je me retrouvais suspendu en l'air par la lanière de mon baluchon, la porte refermée derrière moi, mon sac resté du côté de la foule. J'avais réussi, l'aventure pouvait commencer ! Mon destin se retrouva, par la même occasion, scellé, moi et ma famille ferions désormais parti des grands de ce monde, respectés et enviés.

À partir de ce moment, ma vie changea, mon image était régulièrement sculptée et dessinée, mon histoire racontée dans les contes et légendes pour faire rêver les petits, dans les livres épiques et fantastiques pour émerveiller les grands.

Je m'étais particulièrement lié d'amitié avec l'un des gardes, celui qui m'avait aidé à me détacher de mon baluchon contre la Porte Céleste. Il était un peu malicieux, mais surtout intelligent et incroyablement amusant. Nous étions partis vers les contrées occidentales de l'Empire du Milieu, une véritable épopée où nous avions été commandités par l'Empereur Céleste pour escorter un moine parti à la recherche d'écritures bouddhistes. Des rives de l'éternel fleuve jaune au désert aride du Takla-Makan, nous avions traversé le pays entier, quelle aventure !

Aux retours de nos épopées respectives, nous, gardiens de l'Empereur Céleste, aimions nous retrouver dans différents lieux de la Capitale pour nous conter nos aventures et anecdotes. Un soir, nous avions organisé une fête de retrouvailles à Yuanmingyuan, un palais d'été construit par le plus grand des Empereurs mandchous. Celui-ci, fier de nous, y avait érigé une fontaine en notre honneur, des statues colossales de nos têtes étaient élégamment disposées autour d'un bassin à la française. Nous racontant nos aventures respectives et festoyant à coup d'alcool de riz, nous n'avions pas vu le temps passer et nous étions tous endormi là, oubliant de garder un œil sur la Cité Interdite, sur notre Maitre suprême. De colère devant tant d'irresponsabilité et d'irrespect, celui-ci nous enferma dans nos statues, à jamais. C'était la fin de nos aventures. Enfin, c'est ce que je pensais.

Jamais je n'aurais cru qu'un Empereur Céleste fasse une si grave erreur stratégique, celle de se séparer de sa garde rapprochée. En un rien de temps, des barbares au long nez débarquèrent, prirent le pouvoir dans la Capitale, enfermèrent notre Maitre dans sa Cité Interdite et pillèrent les palais. Quant à nous, nous fûmes observateurs forcés et contraints de cet effondrement de la dynastie impériale Mandchoue. Les barbares nous emportèrent dans des caisses, en partance pour l'Occident. Je perdais alors de vue mes amis gardiens. Jusqu'à quand ?

Profondément déprimé, je voyais de temps en temps le jour, passais de main en main, de caisse en caisse, j'étais exposé parfois dans des jardins, parfois dans des maisons mais la majorité du temps je restais enfermé dans des coffres-forts.

Je découvris, un jour où j'étais dans un salon devant un téléviseur allumé, une série incroyable relatant mon épopée vers l'Ouest, j'en pleurais d'émotion en voyant mon meilleur ami-gardien faire ses singeries.

Je découvris l'Allemagne, la France, la Suisse… je me souviens particulièrement de mon escale en Italie où j'entendis une nouvelle incroyable ! Les statues de trois de mes amis faisaient grand débat, frisant la crise diplomatique. Sorties d'une collection privée d'un grand couturier français récemment décédé, elles avaient été mises en vente à Hong-Kong et le gouvernement chinois exigeait de les récupérer comme pièces d'art nationale, pillées lors des invasions barbares. J'appris par la même occasion qu'un de mes amis-gardien était quant à lui à Taiwan. Quel espoir qu'on me retrouve et qu'on nous rende tous à notre terre natale ! Enfin réunis, l'aventure pourrait peut-être reprendre, gardiens d'un nouvel Empereur ?

Mais non, toujours pas, j'ai été transféré il y a quelques temps à Dubaï et mon nouvel acquéreur prend grand soin de me cacher - il ne souhaite pas de problème avec la Chine, d'autant plus depuis les débats internationaux houleux sur la vente de mes amis-gardiens. Moi le grand ZHU Bajie, cochon de la garde rapprochée de l'Empereur Céleste de Chine, fait désormais partie d'une collection privée dans une salle de bain de luxe.

« Adieu veau vache cochon couvée » : Expression créée par Jean de la Fontaine dans sa fable « La laitière et le pot au lait » devenue locution du français courant. Elle exprime une déception, une désillusion, lorsque ce que l'on espère ne se réalise pas.

Le fleuve

Cours d'eau majeurs, les fleuves finissent toujours par rejoindre l'eau salée des océans. L'eau, les limons, l'énergie dont ils sont porteurs, conditionnent la vie des hommes jusqu'à leurs migrations.

C'est ainsi que le « Fleuve Jaune » et le « Fleuve Bleu », ont largement contribué au développement de la civilisation chinoise : sa culture, son économie... et ses sources d'inspiration.

Plus proche de nous le « Fleuve royal », d'un peu plus de 1 000 km, qui traverse Nantes pour rejoindre l'Atlantique a aussi inspiré une nouvelle.

NOUVELLE VIE AU BORD DU FLEUVE

François Petit

Dans le village animé de Yidu, niché sur les rives du puissant fleuve Changjiang, dans la province du Hubei, une tradition centenaire fut brusquement interrompue au début de l'année 2021. A cette date, la communauté de pêcheurs, autrefois florissante, se retrouva sans emploi. La pêche dans le Fleuve Bleu venait d'être déclarée interdite pour dix ans, afin de préserver sa biodiversité, fortement mise en danger par la pollution.

Cette décision, bien que compréhensible, fut un choc inouï qui laissa les pêcheurs et leurs familles dans le désespoir.

Parmi les victimes, Li Huang, 55 ans, qui avait passé toute sa vie sur le fleuve. Li Huang avait hérité du métier de pêcheur de son père et du père de son père avant lui. La rivière n'était pas seulement son gagne-pain, c'était son mode de vie.

Li Huang rentra chez lui ce jour fatidique, après avoir rangé définitivement ses filets vides. Sa femme, Hua Minglu, était bouleversée de le voir ainsi, déboussolé. Ensemble, ils s'assirent dans leur humble cuisine, ne sachant quoi penser ni quoi faire, en colère, le cœur lourd.

Les jours se changèrent en semaines puis en mois, et Yidu, autrefois très animé, devint de plus en plus silencieux. Cependant les pêcheurs se réunissaient encore au salon de thé local, pour partager leurs difficultés et leurs frustrations. Ils parlaient du vide ressenti par l'absence du fleuve et de la perte de leur raison de vivre.

Mais un jour, au milieu de cette morosité, une étincelle d'espoir s'alluma en Li Huang. Ne pouvant renoncer à son cher Fleuve Bleu, il eut l'idée de réinventer son lien avec lui. Il commença à réfléchir à d'autres moyens de subvenir aux besoins de sa communauté et de raviver son sentiment d'identité.

Entraînant plusieurs de ses camarades dans ses réflexions, il précisa peu à peu son idée, qui se répandit finalement dans le village comme une vague. Les pêcheurs transformeraient leurs bateaux de pêche traditionnels en bateaux de tourisme, offrant des visites pittoresques du fleuve et partageant sa riche histoire avec les visiteurs venus de toute la Chine. C'était une entreprise risquée, mais les pêcheurs n'avaient plus grand-chose à perdre.

Avec une détermination nouvelle, Li Huang et ses amis se mirent au travail, transformant leurs embarcations et les ornant de bannières colorées. Le village se mit à bourdonner d'un sentiment renouvelé de fierté alors qu'ils se préparaient à entrer dans une nouvelle ère.

La nouvelle se répandit progressivement, attirant des visiteurs curieux, du Hubei d'abord, mais bientôt d'autres provinces et même de Beijing. Les touristes affluèrent à Yidu pour découvrir la beauté du Changjiang, guidés par les mains mêmes qui autrefois jetaient des filets dans ses profondeurs. Li Huang et ses camarades devinrent des conteurs, racontant leur métier de pêcheurs, leurs traditions, et leur vie en communion avec la nature.

L'essor de l'activité touristique permit peu à peu à la plupart des anciens pêcheurs de retrouver un emploi et Yidu redevint plus florissant. Nouvelles activités et nouveaux métiers furent créés, redonnant confiance dans l'avenir aux villageois.

Peu à peu, les visages moroses des pêcheurs se transformèrent en sourires et dans Yidu les conversations animées et les rires ont de nouveau retenti.

Le fleuve interdit était redevenu une source d'inspiration et de force. Les pêcheurs du Changjiang, menés par Li Huang, étaient maintenant heureux d'être ses gardiens, plaidant pour sa protection et sa préservation.

Quelques mois plus tard, hélas, le journal de la CCTV-1, première chaîne de la télévision centrale chinoise, annonça qu'une centrale nucléaire de type EPR serait construite prochainement avec la société française EDF, à Yidu exactement !

Le tourisme fluvial et culturel fut tué dans l'œuf et les habitants de Yidu furent affligés par ce deuxième coup du sort en si peu de temps.

Pauvres villageois de Yidu, victimes impuissantes des injonctions contradictoires de leurs dirigeants : protection de l'environnement d'une part, production d'énergie d'autre part...

LES FLEUVES DE LA SOIE

Christian Siguié

Cela fait plus de vingt ans que Qiang Luwa est arrivé en famille à Tianjin où il coule une existence paisible tout à son goût : petit appartement agréable dans le quartier futuriste de l'Écocité et bureau au cœur du quartier d'affaires bordant le fleuve *Hai*. Qiang Luwa se réjouit chaque matin de voir son épouse accompagner leurs deux enfants à l'école… à moins de quinze minutes à pied ! Il se félicite d'avoir rejoint la *Luse Xidi Corporation* dont les projets environnementaux l'avaient séduit dès sa sortie d'université. Aujourd'hui encore il sait tout devoir à ces pionniers de la réduction des déchets urbains par bactéries anaérobiques, désormais incontournables dans les stations d'épuration des plus grandes villes du pays. C'est pourtant un peu plus au sud, le long du Golfe du *Bohaï* qu'il se plaît à observer la vaste zone marécageuse de l'embouchure du *Huang He*. La réserve naturelle de la jeune ville de *Dongying* le ravit de ses prairies de roseaux, au-delà des terminaux pétroliers.

Qiang Luwa aime à contempler au gré des saisons ces *mus* d'alluvions s'assécher puis se gorger à nouveau de l'eau et des limons apportés par le fleuve nourricier. Les anciens y content volontiers comment le peuple des Han tout entier est issu du Fleuve Jaune maîtrisé par le mythique *Yu le Grand*, fondateur de la dynastie *Xia*. Tandis que d'autres peuples édifiaient des pyramides, un Dragon lui aurait permis de creuser de sa longue queue les digues nécessaires à l'écoulement des eaux. *Qiang Luwa* répliquait volontiers que cette canalisation avait à elle seule englouti de nombreuses vies humaines... et peut-être balayé le souverain *Yu*, dont l'historicité reste encore disputée de nos jours.

Qiang Luwa est un scientifique de formation et il ne gagerait pas son expertise en matière de cités lacustres contre ces légendes dont il reconnaissait les vertus fondatrices avec amusement. C'est au beau milieu de ses projets lagunaires, en pleine évaluation des vitesses de projection des dunes et de l'érosion des sables natifs, qu'il reçut une demande aussi pressante que surprenante. Son bureau de Tianjin voulait l'envoyer à 12 000 km de là pour une « analyse urgente ». La voix de son supérieur se voulait conciliante : « Oui, ne t'inquiète de rien... Nous avons tout prévu... Tes frais te seront entièrement avancés... Ton passeport et ton visa sont déjà prêts ». *Qiang Luwa* pensa qu'il tenait là une belle occasion de « voir du pays ». Et puis, ce déplacement ne pourrait pas nuire à sa carrière. Il prévint sa famille et partit la semaine suivante pour cette nouvelle destination dont il s'efforça de tout apprendre pendant son voyage. *Sheng Naze Er* quel drôle de nom qui ne voulait rien dire ! Certes il savait que cette ville accueillait l'estuaire d'un autre grand fleuve, dont les 1 000 km de long[1] ne représentaient guère que la moitié du Grand Canal construit à mains d'hommes, de Pékin à Hangzhou, depuis le 5e siècle avant notre ère. Mais pourquoi une telle urgence ? Les documents qui lui avaient été confiés laissaient penser qu'on attendait de lui une analyse du modèle de développement industriel qui regroupait localement raffineries d'hydrocarbures, chantiers de construction navale, transformation agro-alimentaire... et ce ne serait pas la première étude de faisabilité ainsi adressée à la *Corp.*

Peu après son arrivée, la prudence conduisit Qiang Luwa à s'installer en amont de l'Océan Atlantique, dans une résidence familiale qui lui avait été localement recommandée. De la « Maison Bleue » où il avait installé son quartier général, il pouvait visiter aisément le dernier port ligérien en amont de l'Estuaire : ses anciennes maisons de pêcheurs, ses résidences d'artistes, ses ruelles enchevêtrées, ses chats errants, ses palmiers...

En poursuivant ses relevés habituels de sols, de niveaux, de débits, il tentait de comprendre le sens de la mission qui lui serait tôt ou tard dévolue... et il s'éprenait déjà pour cette portion du monde dont il ignorait encore presque tout. De bonnes âmes lui firent découvrir le vignoble nantais, dont il ressortit... plus déterminé encore. Une simple traversée de la Loire, dont il parvenait enfin à prononcer le nom, lui fit découvrir un château et une cathédrale semblables aux images qu'on lui avait rapportées de Paris. Musées et espaces verts lui révélaient peu à peu tout ce qu'il avait jusqu'ici ignoré de cette portion du monde, bien loin de Tianjin et de Dongying. Bien que reclus de sa famille, Qiang Luwa espérait secrètement que cette expédition dure le plus longtemps possible. Tout à ses méditations bienfaisantes, Qiang Luwa ne décrocha qu'à la troisième sonnerie de *We Chat* :

131

- « *Wei,* nous espérons votre séjour profitable. Nous n'avons guère eu le temps de vous *briefer* jusqu'ici, mais notre programme s'accélère et les Routes de la Soie intègreront bientôt la rade de Brest ».

- « Juste 200 mètres pour commencer, presque la taille du Changbai Chan1, notre porte-hélicoptères amphibie. Vos études en cours nous permettrons d'évaluer les conditions les plus favorables à une extension économique durable sur la pointe Ouest du continent européen. Vos conclusions sont ici très attendues… ».

NAGA

Yveline Canal

À ma naissance on m'appelle Lang Cang Jiang, je suis un serpent, un immense serpent adulé par des milliers d'êtres vivants. Ils voient en moi le dieu Naga et me représentent sur leurs temples et pagodes

Selon les saisons et les années, je suis la vie, la mort, l'abondance ou la famine. Personne n'irait pêcher sans me faire une offrande sur un petit radeau de feuilles. Personne n'irait ensemencer ses champs sans jeter une poignée de riz dans mon eau.

On me trouve turbulent, on me dit sauvage, mais c'est normal, je suis un enfant des glaciers du Tibet où je me renforce en sculptant les montagnes les plus hautes du monde.

- Je suis la source qui a bercé les civilisations de ces contrées.
- Je suis le garde-manger de millions de personnes.
- Je suis l'engrais qui magnifie les cultures.
- Je suis la voie pour transporter hommes et marchandises.

Je suis, je suis enfermé !!!

Les effets pervers de toutes ces constructions se sont fait ressentir peu à peu. D'abord moins de poissons, puis moins d'espèces, puis des spécimens de plus en plus petits. Il aurait fallu apprendre aux alevins à utiliser les passes que les hommes avaient prévues pour eux ! Sans nourriture appropriée, moins de mammifères et moins d'oiseaux. Même la couleur de mon eau a changé du marron chargé d'alluvions, elle devient bleue, d'un bleu inquiétant, mortifère, chargé d'algues toxiques. Que vont devenir les 20 000 espèces de plantes recensées dans mon lit ?

Le premier barrage construit dans les années 80 a été édifié par des milliers de villageois chinois qui ont cru au pouvoir du progrès, remerciés quand l'ouvrage fut mis en service, leurs villages ensevelis sous les eaux, ils ont été déplacés à plusieurs centaines de kilomètres des rives qui les avaient vus naître eux et leurs ancêtres. Certains n'ont pas survécu… le manque d'eau, de pêche, de nourriture, de repères. Tout avait pourtant été bien prévu, la régulation des eaux devait servir à l'irrigation pour nourrir les 230 millions d'hommes vivant sur mon bassin. On diminuait aussi les probabilités de conflits entre pays voisins, puisqu'il suffisait de fermer ou d'ouvrir des vannes, pour punir ou récompenser les pays que je traverse. Je suis otage, otage de l'orgueil humain.

Au fil des années d'autres barrages ont été édifiés, l'industrie et la modernisation réclamant ma force pour produire toujours plus d'électricité.

Oui ! Je suis un serpent, oui, je suis un Dieu, mais je suis diminué. Chaque pays que je traverse contribue à mon affaiblissement. Au triangle d'or, autrefois paradis des éléphants et des tigres, je n'impressionne plus personne. Comment les touristes qui traversent ce petit fleuve tranquille peuvent-ils imaginer les trafics de drogue et les guerres que j'ai pu endurer ?

Mon delta est devenu une poubelle, la mangrove recule, les îles un jour disparaîtront.

Les forêts que je longe avant d'atteindre la côte sont la proie de promoteurs immobiliers et j'ai bien du mal à la mousson à remplir les réservoirs des temples d'Angkor, qui faute d'humidité suffisante s'enfonceront inexorablement dans le sable.

Les eaux saumâtres remontent et brûlent les terres agricoles. De gros amas de plastiques et de débris obstruent les voies, les mammifères marins ne peuvent plus remonter.

Des milliers de gens vivent là se nourrissant de poissons de plus en plus petits, accrochés à leur maison sur pilotis, bravant sécheresses et moussons. Cela ne peut plus durer !

Je suis le Dieu Mékong et je me vengerai !!!

Mes glaciers fondent, comme partout dans le monde. Mais je détiens des armes qui détruiront les petites larves humaines qui osent m'emprisonner. Dans ma glace je conserve depuis des millions d'années bactéries et virus capables de détruire des reptiles plus gros que des maisons, ils sauront venir à bout de ces petits êtres qui se croient tout permis.

Je redeviendrai le serpent Naga et vous devrez courber la tête.

Que pèse une civilisation de 2000 ans au regard des millions d'années qui m'ont vu couler vers la mer ?

J'effacerai tout et je recommencerai mon parcours, sculptant les rochers et inondant les terres pour rejoindre la mer.

Je suis le Dieu Mékong.

Imprimé en Allemagne
août 2023